當宅男遇見珍・奧斯汀

A JANE AUSTEN EDUCATION:

HOW SIX NOVELS TAUGHT ME ABOUT LOVE, FRIENDSHIP, AND THE THINGS THAT REALLY MATTER

威廉・德雷西維茲 著
(William Deresiewicz)
謝雅文、林芳瑜 譯

導讀1推薦

游離在小說世界的虛擬與寫實間，成就自己生命的意義！
——閱讀者與小說家的生命對話

陳超明　政治大學英文系教授

每次在大學「英美小說選讀」課堂中教授學生閱讀珍・奧斯汀的小說，我都要問他們，為何二十一世紀的台灣人要閱讀遠在十九世紀英國鄉間一些女性戀愛、婚姻、成長的故事？學生除了理直氣壯的提出奧斯汀在英國小說史的偉大貢獻及其精彩絕倫的小說敘述技巧與優美的語言外，似乎忽略了閱讀小說的樂趣！也忽略了小說與生活間的關係！

珍・奧斯汀在《諾桑覺寺》（Northanger Abbey）中，曾經這麼談過小說：「只是某種作品，其中人性最完整的知識、多元的愉悅描述、智慧與幽默的生動湧現，以最精挑細選的語言，呈現給世人！」奧斯汀的這段話，正道出本書作者威廉・德雷西維茲（William Deresiewicz）寫出這本書的深刻體會。對他來說，小說正是「人性最完整的知識！」《艾瑪》一書改變了他的人生觀，讓他重新審視過去、現在與未來的生活價值，而其他幾本小說更讓他漸漸體會愛情、友誼、家庭間的細膩情感。這些閱讀經驗成為他一生中最重要的教育過程。很難想像接近兩百年前的小說可以改變人的一生，也很難想像德雷西維茲將小說從虛擬的世界拉到當代的寫實社會！小說世界的對話與當代生活場景的實際交流，構成了這本書的主軸。我們不僅閱讀奧斯汀的小說，也閱讀德雷西維茲的生活，這是一本讀者與作家生命的交響樂曲，打破虛擬小說與寫實世界的界限！

作者德雷西維茲是學院派出身，但是他揚棄了學院中對奧斯汀小說研究的脈絡，不從敘述結構或文化論述來談小說，反而是以個人生活體驗及一些生活細節來觀看小說家的智慧與對話，眞正讓我們感受到閱讀小說的樂趣，也進入了「文學即生活，生活即文學」的境界！

作者文筆流暢，觀察細微，將個人生活點滴融入小說閱讀，探索自我成長與蛻變的軌跡，有如奧斯汀小說人物的現代版。如果生活在現代，珍・奧斯汀一定很樂意將德雷西維茲寫入她的小說中，化成另一個達西先生（Mr. Darcy）？

討論男女間到底有無友情的可能性？還是只有愛情或色情？這些議題不論是在美國或是在台灣，不管是十九世紀或二十一世紀，都是令人莞爾的主題。閱讀完這本《當宅男遇見珍・奧斯汀》後，問問自己，爲何閱讀奧斯汀小說？答案可能不再是小說家的成就與文化意涵，而是生命的啓發與智慧的累積！

導讀2推薦

作家不死

作家　鍾文音

珍・奧斯汀還魂至年輕男研究生的心中，他原本對珍・奧斯汀的作品呵欠連連，最後竟至欲罷不能。這是一種精神的附身，也是作家永遠不死的精髓。

作者藉由閱讀珍・奧斯汀，讓小說人物再次活出氣味，我們也彷彿跟著走了一趟經典作品之旅。

這不免讓我想起維吉尼亞・吳爾芙對珍・奧斯汀作品的見解：「珍・奧斯汀具有洞察人物內心奧秘的眼光，她選定了日常生活的平凡瑣事爲其寫作內容，這是一件很自然的事。」

這本書有如是研究生與閱讀文本的互文辯證，擺脫僵化學院思維，很自由地出入經典而不落入窠臼，行文精闢，生動精彩。

導讀・推薦❶
游離在小說世界的虛擬與寫實間，成就自己生命的意義！
——閱讀者與小說家的生命對話（陳超明） I

導讀・推薦❷
作家不死（鍾文音） III

第一章——艾瑪：每一天都重要 001
這些人相當沒出息，整天就是坐在一起聊天：聊誰生病了，誰昨晚有撲克牌聚會了，誰又跟誰說了什麼。在花園周圍散步是伍德豪斯先生最快樂的時光。閱讀信件是大家生活中最精采的事，去哈特菲爾德附近的小村海貝利購物——總共也只有一間店——就是女主角們所謂的重要大事了。

但最糟的是，她現在看到了她對個性的判斷——這是她自己最慶幸的。她原先認爲自己第一眼就可以看透男人。她錯以爲親切、友善的年輕男人就是好人；冷淡、自負、寡言的則是壞蛋。然而，現在她了解自己過去錯得有多離譜。她直率而勇敢的下了非常堅定的斷言：「盲目、片面、偏見、荒謬」、「我的所作所爲太卑鄙了」，她厲聲責備自己：「我還很得意自己敏銳的觀察力！還以自己的能力爲榮呢！」

在諾桑覺寺的第一晚，大風凜冽，她單獨在自己的房間，秘室的門、搖搖欲墜的木板、嘎嘎響的鎖鏈一有動靜，她的神經就緊繃起來，她看到了一個奇怪老舊的櫃子，櫃子本身彷彿隱藏了可怕的秘密……黑漆漆的房子，暴風雨夜，一個隱秘的紙卷——她所有的期望似乎都實現了。

如今我徹底明白這部小說爲何要費盡心力在這齣戲劇上多所著墨——一群花樣年華的少男少女準備親自粉墨登場，也是爲自己演出的一齣戲。這段插曲只是彰顯了一直存在的事實，那就是范妮永遠只能當個觀眾。雖然她是自願不參加戲劇演出，但是關於金錢與地位的、更大規模的戲劇，老是在她周圍上演——派對與狩獵，打情罵俏與媒妁姻緣——她跟我一樣別無選擇，只能旁觀。

小說以金秋時節開頭，以及不似奧斯汀筆下的其他女主角，安妮老沉湎於過去和她自己的思緒，這兩項特色都絕非偶然。有回安妮和亨麗耶塔和露易莎・瑪斯格羅夫、以及其他青年男女一道散步，其他人絮叨不休的同時，安妮則眷戀不已地沉思即將走到歲末的一年。奧斯汀的文字瀰漫著異乎尋常的情感，平時反諷的語調幾近違背它們的意志，落入更爲緩慢愁思的節奏。

第六章——理性與感性：墜入愛河　221

《理性與感性》，誠如《勸服》跟《曼斯菲爾莊園》，屬於奧斯汀小說中較爲灰暗的作品。它是嚴肅、甚至可謂沉重的一本書——諷刺但沒有洋溢喜悅，有趣卻不滑稽。奧斯汀所有的著作中，我最喜愛的一句話就在此書——「她沉默寡言，因爲她跟一般人不同的是，她話多話少是跟想法的多寡成正比的。」（這句嘲諷是雙面刃，殺得大家片甲不留，也幾乎等同於本書意向的縮影）——不過整體來說，這部小說仍然沒有贏得我的寵愛。

第七章——故事的結局　273

她來布魯克林的第一個週末，就註定了我們的命運，爲了打發一些無聊的時間，她隨身帶了一本書。她那時知道我是研究生，但是不曉得我研究什麼、撰寫什麼論文題目。而我研究的湊巧是她正在念的書。這本書就是《傲慢與偏見》。

第一章　艾瑪

emma: everyday matters

每一天都重要

當我遇見將改變我一生的女人時，我二十六歲，跟所有同年齡的人一樣愚蠢。那時候她已經逝世將近兩百年，卻感覺不到任何年代的隔閡。她的名字是珍・奧斯汀，她的小說教導了我認為重要的所有事情。

從頭回想起來讓我瞠目結舌的是，我一開始根本就不打算讀她的書。事情的發生真的很偶然，也有違我的意願。在回學校念博士班、填補我的文學教育斷層的前一年，我曾經想讀——喬叟（Chaucer）[1]、莎士比亞、赫爾曼・麥爾維爾（Melville）[2]、米爾頓（Milton）[3]——但是十九世紀的英國文學讓我對這個領域提不起興致、打起退堂鼓。有什麼比女作家又臭又長、矯揉造作、瑣碎平淡的小說更無聊呢？那時候我這麼認為。

有幾本書名似乎荒謬可笑：《簡愛》（*Jane Eyre*）、《咆哮山莊》（*Wuthering*

譯註

1. 傑弗里・喬叟（Geoffrey Chaucer, 1343 - 1400），英國第一位用中古英語寫作的詩人。代表作《坎特伯里故事集》（*The Canterbury Tales*）。
2. 赫爾曼・麥爾維爾（Hermann Melville ,1819-1891），美國小說家、散文家和詩人。以個人海上經歷為依據創作了著名的《白鯨記》（*Moby Dick*）。

Heights）、《米德鎮的春天》，但是無聊、單調作品的極致代表，非珍・奧斯汀莫屬。她光寫些愚蠢浪漫的幻想故事，想到她我就哈欠連連。

我真正想研究的是現代主義，現代文學作品塑造了我對自己身為讀者、身為人的認知。比方，喬伊斯（Joyce）[4]、康拉德（Conrad）[5]、福克納（Faulkner）[6]、納博科夫（Nabokov）[7] 等錯綜複雜、幽微難解的作品。就像許多年輕人，我得自視為叛逆者，而具有強烈革命性的現代主義，讓我確定了自我的認同。我穿著約翰・藍儂（John Lennon）[8] 外套在百老匯漫步，充滿憤世嫉俗的情緒，作無言的演說，反抗所有傳統、可敬、神聖的事物。我沿著建築物的陰影走——像是急欲尋找掩護的老鼠——加重我的疏離感。當我等人、無處可去時，就帶著我的「凱魯亞克」（Kerouac）[9] 或《第22條規定》（*Catch-22*）[10] 坐在人行道旁，以考驗、阻隔自己。我哈菸草，聽衝擊樂團（The Clash）[11] 的音樂，喝男人喝的烈酒「惡作劇猴子」（business monkeys）。一如現代主義者，我熱衷於改變世界，雖然我並不確切知道怎麼做。至少，我不會讓世界改變我。我是杜斯妥也夫斯基《地下室手記》中的男主角，憤怒的反抗機器。我是喬伊斯《一個青年藝術家的畫像》的主人公史蒂芬・迪達勒斯（Stephen Dedalus），一位叛逆中成長的藝術家。我是康拉德《黑暗之心》中的船員馬羅

3. 約翰・米爾頓（John Milton，1608-1674），英國詩人、政論家。代表作《失樂園》。
4. 詹姆斯・喬伊斯（James Joyce，1882-1941），愛爾蘭小說家、詩人。運用「意識流」創作手法，作品有《都柏林人》（*Dubliners*）《一位年輕藝術家的畫像》（*A Portrait of the Artist as a Young Man*）、《尤里西斯》（*Ulysses*）。

（Marlow），厭倦世界、實話實說，透過虛偽、謊言，猛烈反擊。

不用說，我不是容易相處的人。事實上，我懷疑朋友們都在容忍我。跟很多人的看法一樣，我以為精采的對話就是持續討論自認為了解的重要事物——書籍、歷史、政治等等。但是我不只是積極的證明自己——我也得理不饒人，從不讓狀似從西奈山（上帝傳十誡給摩西的山）領取聖旨的人用半句話攻訐我的意見。我常忽略周圍人們的感受，一個人衝過頭就有些卡住吧，因為我從來沒想過別人可能有什麼不同的看法。

我最好的朋友，比我更了解我自己，有一次介紹我認識她的朋友歐諾（Honour）。正當我準備流利地溜一下腦袋裡所有愚蠢的雙關語——"Your Honor," "Honored to meet you," 等等時——朋友逮到了我臉上散開的嘻笑，在我裝白痴之前，她打斷了我。「比利，」她像以疲乏的耐心跟身心障礙孩子解釋般：「她都聽過了。」說實在，我對自己或其他人都太不了。

我的愛情生活平淡無奇，未曾特別快樂過。我被困在早早就該結束的一段關係裡。我們是在之前夏天的一個晚上，投入彼此的懷抱，雖然在一起一年多了，沒什麼共同點，除了性，兩人都沒什麼長進。她很棒，是雙性戀者，容易衝動，經驗老到，知道事情輕重，笑起

5. 約瑟夫・康拉德（Joseph Conrad，1857-1924），英國小說家。代表作《黑暗之心》（*Heart of Darkness*）。
6. 威廉・福克納（William Faulkner, 1897-1962），美國作家，代表作《聲音與憤怒》（*The Sound and the Fury*）。
7. 弗拉基米爾・納博科夫（Vladimir Vladimirovich Nabokov，1899-1977）俄裔美國小說家。代表作《洛麗塔》（*Lolita*）。

來很任性。我們常常上完床、去跳舞，再上床。

但是，我就是無法經營真正的親密關係。之前交往過的女友們，有些我認為愛過的，常常不得善了：不是吵架、怒目以對、費盡心機，就是流淚收場。最後，終於高興的擺脫了。而這次至少我們沒有爭吵。但是我們也不聊天——不聊現實，不聊我們之間種種，或者彼此的感受。我仍一如往常高談闊論，甚至認為我們的交往對她是一種恩寵。畢竟，我是哥倫比亞大學的研究生，而她幾乎大學都畢不了業。我生命中還有許多重要的事要做，而她在想清楚下一步該怎麼走之前，是賺時薪的女侍——一份讓我沮喪、野心盡失的工作。簡單的說，我不夠尊重她，所以不覺得也許她有些想跟我說的話值得聆聽。

我知道這並不是真正的親密關係，但是不斷告訴自己這就是我一直以來的追求。穩定的性滿足、沒有不必要的牽掛：一種青春男孩想像的天堂。除了我已不再是青春男孩。我仍然認為——由此可見我當時有多麻木不仁——我也許永遠也找不到人來愛，不過這又有什麼大不了呢？內心深處，我明白一生維持有性無愛非常荒謬，這是情感危機的徵兆，但我控制得宜，拒絕承認。此外，我覺得只要你談戀愛，人們就會期望你結婚，而我能確定的一件事就是：我才不要結婚！

8. 約翰・藍儂（John Lennon，1940-1980），英國搖滾音樂家、創作歌手，提倡和平，披頭四樂團成員之一。
9. 傑克・凱魯亞克（Jack Kerouac，1922-1969），美國小說家、作家、藝術家與詩人，是垮掉的一代中最有名的作家之一。
10. 《第22條規定》，（*Catch-22*），美國小說家約瑟夫・赫勒（Josheph Heller）1961年出版的一本小說，引申為「自相矛盾的規定」。

研究所二年級時，我參加了「小說研讀」課程，原因不是我有多了解這個課，而是看起來很對味。一開始研讀《包法利夫人》（*Madame Bovary*），這本書把小說藝術提升到文化價值的新層次；另一本《特使》（*The Ambassadors*），是亨利・詹姆斯（Henry James）[12]最備受尊崇的大作。我相當滿意研讀文學名著的需求得以滿足。

接著念《艾瑪》（*Emma*）。這些年來，我聽過一些隨興的討論，說它是公認的偉大作品——英語世界最佳小說之一，比喬伊斯或普魯斯特（Proust）[13]都複雜——但是一開始，我對珍・奧斯汀的偏見根深蒂固。她的所有作品似乎都乏善可陳：不過是一些鄉村平凡人物的閒聊罷了。沒有什麼大不了的事情，沒有什麼偉大的話題，而且令人難以理解的是，浪漫小說作家卻沒什麼激情。

艾瑪，就是艾瑪・伍德豪斯（Emma Woodhouse），「漂亮、聰明而富有」，與她衰弱、愚笨的老父親住在他們哈特菲爾德（Hartfield）的家族房子。她的生活圈小到不能再小。母親在她年幼時就過逝了，姐姐伊莎貝拉（Isabella）住在倫敦，而養育她的家庭女教師

11. 衝擊樂團（The Clash），1976年於倫敦成軍，走龐克搖滾曲風。
12. 亨利・詹姆斯（Henry James，1843-1916），美國作家。
13. 馬塞爾・普魯斯特（Marcel Proust，1871-1922），法國作家，意識流小說的先驅。代表作《追憶逝水年華》（*À la recherche du temps perdu*）。

剛結婚。伍德豪斯先生因憂鬱症嚴重而無法從事房地產事業，他最好的朋友貝茨小姐，是憂傷、愚笨的老處女，她的年老母親是老牧師的遺孀。

這些人相當沒出息，整天就是坐在一起**聊天**：聊誰生病了，誰昨晚有撲克牌聚會了，誰又跟誰說了什麼。在花園周圍散步是伍德豪斯先生最快樂的時光。閱讀信件是大家生活中最精采的事，去哈特菲爾德附近的小村海貝利（Highbury，貝茨家在此）購物——總共也只有一間店——就是女主角們所謂的重要大事了。

我簡直無法相信這瑣碎的一切。在我其他的課裡，勞倫斯（D. H. Lawrence）[14]正在鼓吹性愛革命；諾曼・梅勒（Norman Mailer）[15]正透過二次世界大戰咒罵；而我現在卻在這裡念撲克牌聚會。整整一章——伊莎貝拉與家人回娘家過聖誕節——充斥著漫無目的的對話，每個人好像都在追著他人的新鮮事閒聊。超過六頁以上沒有任何情節進展。然而事實是，這本書有很大部分是沒有情節鋪陳的。有事情發生，但是沒有單一主題，沒有懸而未決的重點，可以推展故事情節——尤其是我期待的女主角們浪漫的未來，在書裡根本未著墨。

艾瑪的父親那些漫長、聊天式的話語有什麼意義呢？以下是他跟艾瑪聊伊莎貝拉兒子的情形：

14. D. H.勞倫斯（D. H. Lawrence，1885-1930），英國作家，代表作《查泰萊夫人的情人》（*Lady Chatterley's Lover*, 1928）。
15. 諾曼・梅勒（Norman Mailer，1923-2007），美國猶太裔作家，以小說《裸者與死者》（*The Naked and the Dead*）揚名。

亨利（Henry）是個好孩子，但是約翰（John）非常像他媽媽。亨利是老大，是以我的名字而不是他爸爸的名字命名。老二約翰，以他爸爸的名字命名。我相信有些人會覺得很訝異伊莎貝拉讓老大叫做亨利，我覺得她做得很漂亮。他的確是非常聰明伶俐的男孩，他們都聰明絕頂，舉動可愛。他們會靠近我的椅子站著說：「外祖父，你能給我一些繩子嗎？」有一回，亨利還跟我要一把刀，但我告訴他刀子是我專用，不能給他。

艾瑪顯然一清二楚，聽過千百次了。這些訊息對我們也沒什麼幫助。男孩們、他們的聰明、他們想要刀子、繩子，在故事裡根本沒有意義。而且我們已經知道她父親是乏味無趣的老頭，所以為什麼我們必須要聽他說的話呢？

再者，伍德豪斯先生微不足道，跟貝茨小姐差不多。他常滿口蠢話，她則言語無味。我坐在一間咖啡館裡，周圍的人讀的是齊克果（Kierkegaard）[16]或杭士基（Chomsky）[17]的書，我讀到的可能是貝茨小姐告訴艾瑪收到侄女珍・費爾菲克斯（Jane Fairfax）的來信的這樣的一段話，或者是下面的情節：

16. 齊克果（Søren Aabye Kierkegaard，1813-1855），丹麥哲學家，存在主義之父。
17. 諾姆・杭士基（Noam Chomsky, 1928-），猶太裔美國語言學家，反威權者。

喔！信在這兒，我就知道它應該在附近，你看，我都沒發覺被針線盒壓住了，非常隱秘，但是我剛剛還拿在手裡，所以覺得應該就在桌子上。我唸給柯利太太（Mrs. Cole）聽，她離開後，我又唸給我母親聽，她滿喜歡的——珍的來信她永遠聽不膩。所以我知道信就在附近，而它果真在這兒，就在我針線盒底下——而既然妳如此親切的想聽信——但是，首先我真的必須為珍的短信道歉——你看，只有短短兩頁——不到兩頁——通常她會寫得滿滿的……

而這些只是這段話的前半，翻過這頁到下頁，我們還沒聽到信裡到底說些什麼哩。伍德豪斯先生、貝茨小姐在現實生活中就是我所謂的——無聊老人、沒頭沒腦的鄰居。我開始跳過他（她）們，看自己愛看的，或者搖頭晃腦、心不在焉的邊看邊想車庫真的該清一清了。我壓根兒也不想花時間看這種書！

好玩的是，女主角似乎也與我有同感。如果我厭煩海貝利，艾瑪想必也是。她不以為有趣的事情會在她的世界裡發生，而小說情節的設計也與她決定個人事情如何進展相關。我很難說明我為什麼有這樣的感受。一方面，我同情艾瑪。另一方面，她做事又很盲目、任性，所有的計畫到後來都變得一團糟，所以每次她一開口，我發現自己就倒退三步。

一開始時，艾瑪遇見一個女孩海莉特・史密斯（Harriet Smith），與她建立了友誼。她溫柔、無知、天真——是崇拜型的年輕朋友，滿足艾瑪各方面的虛榮。她也非常漂亮——「矮小、豐滿、白皙，藍色的眼睛青春煥發、髮色明亮，看起來十分甜美。」——艾瑪打算為她量身訂作一番，「她會美化她」艾瑪想。就像電影「窈窕淑女」（My Fair Lady）語言學教授改造賣花女一般，「她會引導她加入良好社群；她會塑造她的意見和態度。這是一個有趣、親切的工作。」這給了艾瑪一個主意。「那雙溫暖的藍眼睛，那些自然的優美，」她想「不應該白白浪費。」海莉特「只需要多一點知識、典雅，就相當完美了。」

這真是太過份了。如此傲慢，如此愛管閒事——出自不過二十歲的艾瑪，跟她的朋友一樣天真。艾瑪把家庭女教師能與地方紳士結婚歸功於自己，但是實際上她做的只是猜想女教師會結婚，現在她又要為海莉特介紹新牧師艾爾頓（Elton）先生。真是荒謬的主意——海莉特是私生女，父不詳、一貧如洗、沒有身分地位——但是艾瑪就是能用其他理由說服自己。

更糟糕的，是她說服海莉特拒絕一位年輕、可敬農夫馬丁（Martin）先生的求婚，而海莉特顯然非常喜歡農夫。此情此景令人苦惱，彷彿看著某人虐待寵物：

「妳覺得我應該拒絕他，」海莉特眼低低的說。

「應該拒絕他！親愛的海莉特，妳是什麼意思？妳還猶豫不決嗎？我原以為——請妳原諒，或許我誤會了。如果妳懷疑妳回信的**目的**，那我就真的誤會妳了。我以為妳只是要跟我討論用語的問題呢。」

海莉特沉默不語。艾瑪的態度有點保留，繼續說道：

「依我看，妳是想作有利的回覆。」

「不，我沒有；我沒有這個意思——我應該怎麼做呢？妳會怎麼建議我呢？親愛的伍德豪斯小姐，請告訴我該怎麼辦。」……

「不管怎樣，」艾瑪親切的笑說：「我不會建議妳接受或拒絕。」

現在，我真的受不了她了：她為了自己的虛榮，玩弄別人的快樂，不管她是否知道別人的快樂是什麼！艾瑪認為整個海貝利沒人配得上海莉特，所以馬丁先生也配不上她——原因不在於她為海莉特考慮周到，而只因她是**她**的朋友。同樣的，她知道貝茨小姐和母親都很寂寞，掙扎於貧窮的邊緣；她去拜訪時，她們那一天過得就特別煥發，儘管她覺得應該常常拜訪，但是並沒有，而且當她拜訪時，總會找個顯而易見的藉口盡快溜之大吉。貝茨小姐的侄女珍・費爾菲克斯，是個聰明、能幹、優雅的年輕女子，年紀和女主角相當，每年隔幾個月就會到海貝利——然而，艾瑪卻堅決迴避她。總之，下等的貝茨小姐的任何親戚，絕對不可能成為優秀的艾瑪・伍德豪斯的適合朋友。

終於，艾瑪對周遭人物的厭倦輕視導致她陷入非常難過的狀況。法蘭克・丘契爾（Frank Churchill），她家庭女教師的繼子，造訪海貝利。法蘭克，活力充沛、相貌英俊，有點壞男生的樣子，他對艾瑪一派大言不慚，讓她傷透腦筋。一個夏天，大家決定去野餐：艾瑪、法蘭克、海莉特、珍・費爾菲克斯、貝茨小姐、艾爾頓先生——每一個重要的人。當他們到達目的地，艾瑪與法蘭克似有若無的調情，讓其他人備感煩悶，很快的，大家圍坐在一起，發現彼此無話可說。所以法蘭克設計了一個娛樂高貴年輕小姐的點子：「你們七位，」他宣布：「她要求你們說一件非常有意思的事……或兩件普通有趣的事……或三件無聊到極點的事。」可憐、無辜的貝茨小姐完全明白大家都認為她很無趣，很有自知之明。「喔！很好，」她大叫：「那我就不用擔心了。『三件無聊到極點的事。』你知道，最適合我了。平常我隨口就是三件無聊到極點的事，不是嗎？」

艾瑪被法蘭克的諂媚搞得失控，優越意識讓她一語中的：「哎啊！夫人，可能有點困難哩。抱歉——妳將受次數的限制——一次只能說三件。」這真是令人訝異的殘酷行為，更糟糕的是受害者還接受：

貝茨小姐被她禮貌的虛假形式所欺騙，一時會意不過來；但是，當她突然明白時，她雖然沒有生氣，然而微紅的臉色卻顯示她可能感到痛苦。

「啊！——好——當然。是的，我懂她的意思……我會試著控制我的嘴巴。我一定是惹人厭了，否則她不會對老朋友這麼說。」

那時我終於明白奧斯汀一直以來的堅持。我所急於抨擊的艾瑪的苛刻，其實是我自己的反映。因書而激發的厭倦、輕視，並不是奧斯汀愚蠢的象徵，而是她希望我產生的反應。她煽動它們，以揭露它們。藉由創造一個感受、行為模式完全與我相同的女主角，她向我顯示了我醜陋的一面。我不能譴責艾瑪對貝茨小姐的鄙視，或她對整個平凡無奇的海貝利的厭煩，而未同時責備自己。

我了解奧斯汀寫日常瑣事，並不是因為她沒別的好談。她之所以一直寫日常瑣事，是為了呈現日常瑣事其實非常重要。這**就是**重點。奧斯汀一點也不愚蠢、膚淺，她比我能想像的還要更聰明、還要更有智慧。

我以完全不同的心情回到小說。伍德豪斯先生的平庸，貝茨小姐的喋喋不休，所有的流言蜚語、話家常——奧斯汀都羅列其中，以顯示她對她的人物角色的尊重，而不是要我們看輕他們。她樂意聽他們的說話，也要我聽聽。只要我視之為填充料、瞬間瞄過，小說似乎就無可救藥的單調乏味。但是一旦我開始放慢速度，以他們的用語接受他們，就發現他們具有他們的吸引力、尊嚴與樂趣。

珍・費爾菲克斯的信，和它們可能藏在哪裡，小約翰與亨利的聰明伶俐、可愛舉動——這些事很重要，因為它們與人物角色本身相關。它們構成了他們生活的結構，給予自己的存在趣味。現在我懂了。藉由排除一切讀小說時會引吸引我們興趣的大型、喧鬧事件——冒險、浪漫傳奇和危機，甚至陰謀——奧斯汀要求我們留意小說或生活中通常會忽略或未充分重視的事情。那些細小、「瑣碎」的日常事務，分分秒秒發生於生活周圍人物的事：你侄兒說的話，你朋友聽到的事，你鄰居做的事。她告訴我們的，是我們多年生活的千絲萬縷，是真正的生活。

即使艾瑪知道這點，她仍不曉得自己知道。「世界上沒有半個人，」奧斯汀寫到女主角的家庭教師衛斯頓（Weston）太太，是她可以「坦然相談的人」：

> 沒有其他任何人，能始終保持興致、同理心，傾聽與了解她的瑣事、計畫、困惑、她父親與她的樂趣。缺少衛斯頓太太熱烈的關切，她就無法談哈特菲爾德；半小時不受打擾的閒聊日常快樂所繫的事物，是她們最大的喜悅之一。

艾瑪老是搞錯目標。她的心在對的地方——這是我最終原諒她，以及她最後得以解脫的原因——她煩亂的腦袋卻讓她誤入歧途。當她構思小說情節，做她的夢時，她的「日常快樂」就在她眼前，「瑣事、計畫、困惑、樂趣」——時時刻刻都很分明。

這本小說賦予日常生活的八卦本質一個名詞，這個名詞讓我一次又一次的絆倒。「許多小小的特殊事件」（many little particulars）、「我對成千上萬的特殊事件沒耐心」、「她會給你所有特殊的每分每秒」。不只是「特殊」，而且是「小小」的特殊，「每分每秒」都特殊。生命存在於「小小」的基準上。事實上，我現在看到了，小說中有多少「小小」的事件，也很明顯。「小小的特殊事件」、「小小的瑣事、計畫、困惑和樂趣」。海莉特・史密斯常常把「小小」掛嘴邊。她的朋友馬丁家有「一隻小小的威爾士母牛，一隻非常漂亮的小威爾士母牛，」花園裡還有一個可以容納十二個人左右的露台。故事整個發生於海貝利鄰近地區，空間本身收縮於小小的結構中。艾瑪家和衛斯頓太太家相隔只有半英哩，看起來卻像是艱鉅的旅途。雖然《艾瑪》有四百多頁，整個規模卻是小小的，活像擁擠的市場景象的微型雕刻。

換句話說，如果我無法看見奧斯汀展現在我眼前的世界的重要性，並不全然是我的錯。就像所有偉大的老師，我現在看到了，她讓我們接近她。她有重要的道理要說，但都隱藏於謙遜的包裝裡。她的「小小」其實是視覺上的幻象，一種測試。耶穌以寓言的方式說話，所以祂的信徒必須努力了解祂。祂知道真理無法以任何其他方式理解。奧斯汀提醒了我，希臘哲學家柏拉圖提及偉大的良師蘇格拉底時說到，他也是用說故事的方式教導學生。「他的話乍聽之下荒誕不經，因為他都講一些驢子、鐵匠、蠢話……所以任何無知、缺乏經驗的人可能會嘲笑他；但是能懂得其中真義的人，會發現只有這些話語能呈現出意義，大部分的預言也是這樣。」

奧斯汀的話，又與他們說的非常不一樣，我第一次聽到時也覺得荒謬可笑。我習慣會撞擊腦袋的精采文體：喬伊斯曲折迷離的句法，納博科夫晦澀難解的用字，海明威簡潔單純的風格。所以我應該怎麼了解這種文句呢？它近似小說的源起嗎？

> 伍德豪斯先生喜歡以自己的方式社交。他非常歡迎朋友光臨拜訪；由於種種原因，由於他長期住在哈特菲耳德、脾氣好，由於他的財富、房子、女兒，他可以按照自己的喜好，控制這個小圈圈大部分的往來活動。他跟圈外的任何家族沒有什麼往來；他恐懼晚睡、大型晚宴，所以除非朋友依照他的意思來訪，他並不適合其他社交活動。

沒有隱喻，沒有意象，沒有奔放的抒情，這段文字根本就不像文章。撇開一些陳舊的辭彙，它更像談話。

接著我開始更仔細閱讀。以奧斯汀時代的語言來說，伍德豪斯先生體弱而多病，或者可以說沒什麼用。沒有人比他更脆弱、無力了。然而，奧斯汀只用了意義微妙的三句話，就把他定位為利用軟弱控制周圍世界的男人。那一頁不超過一百個字，整整有十七個字、幾乎五分之一，是跟他有關的代名詞：他（he）、他（him）、他的（his）。「他的」財富，「他的」房子，「他的」女兒──好像每一樣東西都是「他的」。這一段文章從他的名字開始，他的力量在每一個句子的結束得到肯定。他行事都「按照他的方式」、「他的喜好」，以及「他的意思」。

現在，我明白了奧斯汀的所有語言如何運作。沒有壓力、沒有炫耀，沒有用力敬畏或打動。只是一般的日常用字──無論怎樣都不引人注意的語言文字，跟呼吸一樣簡單起伏。奧斯汀並非利用文字創造她的效果，而是以她組合、平衡運用文字的方式創造她的效果。她的人物角色也是如此。許多作者可以寫關於一般人的小說，但是《艾瑪》只有一本。奧斯汀的人物角色看起來非常生動、意味深長，因為她置入的方式，就是她下筆的方式：沒有故作親切、沒有辯解道歉，但是具有傑出的巧思。艾瑪被珍・費爾菲克斯平衡，貝茨小姐被海莉特・史密斯平衡，馬丁先生被艾爾頓先生平衡，所有的他（她）們都被另一個人平衡，讓整個故事運轉進行，並且創造了跟真實生活一樣自然的場景。結構小沒有關係，因為它包含了整個世界。

結果，人們讀過珍・奧斯汀的小說後，對於她的反應跟我一樣。最初的批評是警告讀者可能會發現她的故事「無聊得很」、「沒有什麼大變化」、「非常缺乏」想像力，而且「完全沒有創意」、「沒有什麼故事敘述」，因此甚至很難描述到底是怎麼一回事。奧斯汀本身喜歡收集朋友、家人對她書的意見，記錄下古騰太太（Mrs. Guiton）覺得《艾瑪》「太正常自然引不起興趣。」著名的法國知識分子史達爾夫人（Madame de Staël）認為她的作品「粗俗」（vulgaire）——因此即使有機會在一個倫敦晚宴碰到她，奧斯汀也拒絕碰面。

奧斯汀明白她不是為任何一個人創作。提到《傲慢與偏見》時，她說道：「我不是為愚蠢乏味的艾薇（Elves）寫的」，改寫某些詩句「好像她們自己沒有什麼創意。」她知道《艾瑪》將是最艱難的挑戰。「我將創造一個女主角，」當她開始著手寫這本小說時說：「沒有人比我更像女主角。」

但是，從一開始，敏銳的讀者就看出了她隱藏於作品形式背後的天賦。她同時代引領風潮的作家華特・史考特（Sir Walter Scott）[18]，寫過敘事史詩、歷史小說，如《薩克遜英雄傳》（*Ivanhoe*）、《拉美莫爾的新娘》（*The Bride of Lammermoor*），承認她很優秀，而且不只他這麼認為：

> 這位年輕的小姐擅於描寫日常生活的林林總總、感覺和人物，而且是我看過最美妙的。我可以跟許多人一樣大言不慚，但是那精緻的筆觸，以真實的描述、感情讓平凡的日常瑣事、人物趣味橫生，我卻做不到。

另一位評論家嘲笑覺得「書中人物的言行與他們日常看到的周遭人物完全一樣，微不足道」的讀者，不承認這種寫作風格與莫札特或林布蘭以隱藏的藝術為基礎的最高超藝術相同。他開玩笑的說，這種讀者就像無法理解為什麼所有人都要為某些著名演員大驚小怪的人，「他們在舞台上的表演，不過像是任何人在現實生活中的行為舉止啊。」

18. 華特・史考特爵士（Sir Walter Scott，1771-1832）英國詩人及小說家，出生於蘇格蘭愛丁堡的沒落貴族家庭，以作品多產而名聞遐邇。

她的名聲慢慢建立，但是直至十九世紀末，關於珍・奧斯汀的意見，也只有兩種。不是喜歡她，就是討厭她。馬克・吐溫（Mark Twain）[19]，舉世聞名的討厭者，發誓讀她的書讓他覺得「像酒保走入了天國。」「對我而言是莫大的遺憾，」他奚落一個奧斯汀迷說：「他們讓她死於自然死亡。」他告訴另一個朋友：「每次我讀《傲慢與偏見》，就想把她挖出來，拿她的脛骨敲她的頭。」

但是，如果你喜歡她——假如妳「了解」她——你會覺得好像參加了秘密俱樂部，共享它的密碼用字、特別暗號、入會的身分。類似一種信條，借用一位作家的話說「有如宗教般狂熱，」而且，「對《艾瑪》的由衷讚賞，」奧斯汀最微妙精采的一本書，「是她王國裡面對個人品格操守的最終測試。」詩人吉卜齡（Rudyard Kipling）[20]，本身就是好公民，在短文〈珍迷〉（The Janeite）中讚美這些現象，講述了第一次世界大戰時期，崇拜奧斯汀的熱潮。文章的中心主角、頭腦簡單的老兵亨保斯特（Humberstall）說：

「珍？」她是個小女生，一百年前寫了十幾本書。我知道，我讀過。它們不是冒險傳奇，不是色情，甚至不是你們所謂好玩的書——全都是十七歲女孩的……，

19. 馬克・吐溫（Mark Twain，1835-1910），美國作家，知名作品包括《湯姆歷險記》（*The Adventures of Tom Sawyer*）。
20. 魯德亞德・吉卜齡（Rudyard Kipling，1865-1936），英國作家，詩人。

她們都想結婚，她們跳舞、參加撲克牌聚會、野餐，而且她們的年輕小伙子都騎馬回倫敦理頭髮、修鬍鬚。（《艾瑪》裡的法蘭克・丘契爾就這樣）

然而，一旦亨保斯特被兄弟會所接納——這是一個非常挑剔的社團，你必須是忠實的珍迷——他逐漸了解她真正的價值。「我現在為了消遣而讀她的六本書，在店裡的空檔時間……兄弟，你從我這兒拿走了它，沒有人會在窘迫的地方看珍的書。上帝保佑珍，不管她是誰。」

華特・史考特是第一位評論《艾瑪》的人。他說如果人們無法認可描述日常生活小說的價值，如果認為這種小說缺乏劇情「沒有故事」，那是因為他們太習慣讀充滿太多事情發生的小說。奧斯汀生活於垃圾小說流行的偉大時代：哥德式小說（驚悚傳奇）、感傷小說、煽情小說——內容不外毀壞的城堡、咯吱咯吱響的門以及秘密通道；天仙般的少女、陰險的愛情騙子、刺耳的尖叫聲和流不完的眼淚、瘋狂的騎士和扣人心弦的逃亡；海難、奄奄一息的臨終、綁架、告白；貧窮、苦難、強暴和亂倫。當然，最後一分鐘，在作者的慈悲與一連串的巧合下，故事終於有了快樂的結局。

奧斯汀年輕時還蠻以這種愚蠢的胡言亂語為樂。她年輕時的作品——諷刺幽默的故事、小品，是為了娛樂她喜愛文化、趣味的眾多家人而寫的。有些是她十二歲之前寫的——充滿了對流行小說的頑皮模仿。在一個故事裡，兩位年輕女主角對於被接受的形式高度敏感，「輪流昏倒於沙發」。在另一個故事中，一位未成年女孩在乾草堆底下被發現，完全沒受傷，而且已經能夠說話。在第三個故事，一位年輕男生擁有「令人目眩的俊美容貌，除了老鷹，沒有人能直視他。」人們毫不遲疑的墜入戀情，孩子們偷竊父母的積蓄，一個男人在快速的繼承中，發現四位失蹤已久的孫子。

換句話說，奧斯汀在創作她的日常生活小說時，完全知道自己在做什麼。這不是在她空想、未確實思考、順其自然的情況下發生的。這是她革命性的藝術選擇，她勇於捍衛信念與期望：所以她早期的許多讀者難以了解她的成就，她的名聲也經過漫長時間才建立起來。

然而，她不僅僅是拋棄她那時代的文學形式。她自己的生活似乎也平靜恬適：她住在英國鄉下的偏僻角落，一生未婚，足跡不出住家一百英哩，直到三十五歲才出版第一本書，而且至四十二歲過逝為止，仍與母親、姐妹同住。但她生活於一堆戲劇性事件之中，據點在家，而眼界寬廣。她生於一七七五年，美國革命開始；法國革命時她還年輕；拿破崙戰爭時，她已成年——英法纏鬥二十五年史詩般的戰爭，在她過逝前兩年，於滑鐵盧達到最高潮。她的生命期也與英國征服印度的最活躍期、大英帝國崛起相符。

雖然這些事件似乎與她平靜的生活相隔遙遠，但卻深深影響著她。她父親開朗、漂亮的妹妹，有一個響亮的名字費兒黛菲亞（Philadelphia）。跟那時許多年輕女孩一樣前往印度，希望在眾多野心勃勃、試圖在新興殖民地尋找機會的年輕英國男人中，挑選自己的白馬王子。她不僅真的找到一個丈夫，也有了一個情人叫做華倫・哈斯汀（Warren Hastings）。他是傑出的行政官員，正努力成為印度的第一任總督，後來也是印度歷史的重要人物之一。從那時候開始，奧斯汀家與哈斯汀家一直保持著關係。費兒黛菲亞結婚前八年都沒有孩子，在與丈夫新事業夥伴會面兩年的期間生了一個女兒。女兒的名字叫做依麗莎（Eliza），與哈斯汀的女兒一樣，但哈斯汀的女兒早夭。哈斯汀是鰥夫，不僅像依麗莎的教父，後來還大方的給了她一萬英鎊。他也把小兒子送回英格蘭給費兒黛菲亞新婚的哥哥，即珍・奧斯汀的父親養育。

奧斯汀從來沒見過這個小男孩，因為他幾個月內就死於白喉。但她的確知道表姐依麗莎，她是另一個精采故事的生動角色。依麗莎三歲時，費兒黛菲亞與丈夫回到英格蘭。依麗莎十九歲時，出落得明豔動人、風情萬種，嫁給了法國伯爵，獲得弗朗索瓦德（Capot de Feuillide）的迷人名號。幾年之後，珍十歲時，弗朗索瓦德夫人帶著她光榮的法國故事、法國時尚光臨奧斯汀家沉悶的牧師公館。儘管年齡有差距，這兩位表姐妹建立了親密、深厚的友誼，一直持續至生命的最後。

同時，華倫・哈斯汀在擔任大英帝國印度殖民地統治者十二年之後，返回英格蘭，他被下議院以貪污罪彈劾，捲入了奧斯汀時代最引人側目的審判。這苦難拖了七年，奧斯汀家一直緊密的在旁協助，哈斯汀最後終於無罪開釋。在那個節骨眼，依麗莎被法國大革命拖累了。丈夫失去了家產，伯爵夫人（她喜歡的稱呼）也被禁止返回法國；最後，依麗莎與奧斯汀家一起避難，伯爵本人則被送上斷頭台。之後不久，她跟這個家庭越走越近，嫁給了奧斯汀的長兄亨利，他比依麗莎還小十歲。

拿破崙戰爭（Napoleonic Wars）的煙硝越來越近。奧斯汀的兩個兄弟（她總共有六個兄弟）參加了英國最自豪、最前線的皇家海軍。法蘭克（Frank）大她一歲，查爾斯

（Charles）小她四歲。法蘭克遠赴遠東，在地中海打仗，二十六歲就當上了上校，非常遺憾錯過了偉大的特拉法加勝戰（Trafalgar），但是追趕法軍越過大西洋，在最後的大戰聖多明哥（San Domingo）之役領導有功。一八一二年還與美軍交戰。查爾斯在事業上就沒這麼幸運了，他得冒險犯難，在兩百英哩的追逐中，幫忙打敗一艘法國軍艦；在暴風雨中憑著小船擄獲另一艘法國軍艦；在拿破崙逃出艾爾巴島（Elba）時，追殺他的黨羽；在愛琴海與希臘海盜戰鬥。不用說，奧斯汀藉著信件、傳聞、報紙消息、兄弟返家時透露的親身故事，都知道這些事件，而且興趣盎然。

她的鄰居形形色色。奧斯汀傳記的作者克萊兒·托馬林（Claire Tomalin）[21]列舉用在小說裡的角色有「陸軍英雄、貴族的私生子、傾家蕩產的大地主、來自國外的傑出工廠老闆」。其中一個波茲茅斯伯爵（Lord Portsmouth），是對喪葬、屠殺場有恐怖嗜好的愚笨貴族。元配過逝後，被誘騙設計娶了他律師的女兒（雖然拜倫大人似乎不曉得發生了什麼事，但他是證人），她解雇僕人，照三餐拳打腳踢她的丈夫——非常粗野。

21. 克萊兒·托馬林（Claire Tomalin，1933-），英國傳記、文學作家。

印度和法國的傳說故事、大海的冒險、上流社會的醜聞，對所有尋找題材的小說家來說，簡直是上天恩賜的禮物。然而，奧斯汀帶著優雅的微笑把它們都擺在一旁。相較於華倫・哈斯汀、依麗莎・弗朗索瓦德伯爵夫人，她更樂於寫伍德豪斯先生、海莉特・史密斯之類的人物。她不挑拿破崙戰爭、秘密的酷刑，卻選擇了撲克牌聚會、郊遊野餐等戲劇性的可能性來寫。她知道自己，並且拒絕所有讓她遠離自己的道路的誘惑。在王儲的要求下，奧斯汀把《艾瑪》送給了他——在父親喬治三世垂垂老矣時，他是大英帝國最高的實際統治者——奧斯汀又從王儲的圖書館長聽說，一位愛炫耀的牧師詹姆士・史坦納・克拉克（James Stanier Clarke），曾擔任王儲的聯絡人（王儲當然沒有親自與奧斯汀來往過，雖然她是他最喜愛的作家之一）。克拉克強加了她所有成功作家會碰到的苦腦：他給了她一個小說題材。「任何歷史浪漫小說（Historical Romance）都是在說明科堡（Cobourg）這棟莊嚴房屋的歷史，」這個德國高貴家族的小兒子將要迎娶王儲的女兒，「現在寫來會非常有意思，」他幫腔解釋著。

「我十分明白歷史浪漫小說……可能比我的鄉村家庭生活更能帶來獲利，或更受大眾歡迎，」奧斯汀回答（這裡的「浪漫」romance，意指「傳說」saga之類的）——

但是……我無法正經八百的坐著寫我生活之外的正經八百浪漫小說，而且如果我必須保持這種狀態，不能輕鬆嘲笑自己或其他人，我很確定在寫完第一章前，就會上吊——不，我必須保持自己的風格，走自己的路。

所謂她自己的路，意指從她的生活中擷取吸引她注意的寫作題材。沒有人比她的大姐卡珊德拉（Cassandra）更親近她，直到生命結束，她們都共住一個房間。她們兩個不在一起時，往返了幾百封的信函，裡面充滿了奧斯汀小說中洋洋灑灑的八卦細節：

瑪莎（Martha）和我昨天在第安（Deane）用餐，遇見了鮑利特（Powletts）與湯姆・舒特（Tom Chute）……鮑利特太太曾穿了整套昂貴衣服——我們滿足的估算她的花邊和棉布（換句話說，猜測它們值多少錢）；她話很少無法給我們什麼其他娛樂。——約翰・里佛（John Lyford）太太非常滿意守寡的狀態，似乎又要守寡了——她將嫁給芬達（Fendall）先生……非常好運的一個男人，但是比她老很多。

你不會想聽到有人請**我**跳舞——但的確如此——就是**那個禮拜天**，我們與狄奧維根（D'auvergne）上尉碰到的那位紳士。他的黑眼珠令人愉悅，我和他在舞會聊天，那以後碰面都會躬身打招呼；但是我不知道他的名字——而且他似乎英文不佳，他的黑眼珠可能是他的最大優點。

桌子送來了，看起來普通……都蓋著綠色厚毛呢，充滿著他們的愛。——威爾斯短腿犬有目的的靠著餐具櫃……——小桌子通常在那裡，放在最好的臥房裡最方便……——那些話題談太多了，我現在要換個非常不一樣的話題，較傾向……

諸如此類種種，頁頁都是機智、愚蠢、歡樂、家庭訊息、禮服、天氣、舞會和冷酷。珍・奧斯汀的**生活**似乎比她的阿姨、堂表兄妹或兄弟，或一般人都來得平淡。她的才華始於認識她的平淡生活真的非常重要——只要你懂得如何看待生活，每一個人的生活都很重要。**她**認為她的存在愉悅而迷人，而非無聲無息或瑣碎無聊，她也希望我們這樣看待自己的生活。她了解生活中的一切應該充滿我們的心，而心中的一切應該充滿我們的小說。

如果我對這些道理的掌握太遲鈍，顯然，有一個好理由可以說明。因為，我終究是男人。我們未被好好教導要觀察注意「瑣碎小事」。我們被告知「八卦」是女人的專利。這個字眼很女性化，有貶損、瑣碎之意。一如艾瑪和衛斯頓太太，或珍・奧斯汀和卡珊德拉，女人總被認定會花半小時，甚至半小時多與女性友人瞎扯所有雞毛蒜皮的事。而男人應該保持沉默，或者只聊聊非個人事務——比方女孩、工具、運動，或者一本正經的談談政治與國家大事。

奧斯汀時代的情況也是如此，「細微末節」的場景大抵相同，所以她常用"minute particulars"這個用語來強調。家族的朋友奈特利（Knightley）先生，告訴女主角一些海莉特・史密斯非常有意思的趣聞。然而，當艾瑪逼他說出更精采的細節時，奈特利卻憤怒的兩手一甩說：「當你碰到她時，你的朋友就會娓娓道來，她會告訴你所有的雞毛蒜皮，只有用女人的語言說來才會妙趣橫生。我們男人說話只說重點。」

最後一句話是玩笑，奈特利沒有那麼妄自尊大，但是他就是那個意思。女人就愛聒聒絮絮、說個沒完，男人則不然。奧斯汀也有此意，但意在言外，遠超過奈特利所知，當我讀到這裡時我也理解了。再十二頁我就看完小說了，我了解到她在利用他闡述她的藝術理論，宣告她藝術上的勝利。「女人的語言」——日常對話的習慣用語——正是《艾瑪》一書的語言，而讓細微瑣事妙趣橫生，正是奧斯汀所致力的。她跟我說了一堆個人事務，也就是艾瑪所謂的「女人的友誼和女人的感情。」她跟我們八卦了四百頁，把我們當成她的女性朋友們，告訴我們「瑣事、計畫、困惑，以及樂趣，」我們傾聽、理解，因為她始終風趣、善解人意。

換句話說，她向我們顯示了像個女人般觀察、思考、說話是什麼意思。這些想法在我遇見她之前是荒謬可笑的。事實上，上學期就在一堂課中，我曾大言不慚的表達了一般男人對「女性文學」的態度。那是在一堂著名男教授主持的流行小說講座上——他容貌像老克拉克・蓋博（Clark Gable）[22]，高六呎三吋、抽菸時發出刺耳的響聲，他在說爵士樂時代在村莊後停留、肚子被諾曼・梅勒（Norman Mailer）揍了一拳的故事。在數週的男孩式樂趣後——《科學怪人》（*Frankenstein*）和《德古拉公爵》（*Dracula*），福爾摩斯（Sherlock Holmes）和艾德加・艾倫・坡（Edgar Allan Poe），《索命密使》（*I, the Jury*）、《馬爾他之鷹》（*The Maltese Falcon*）——我們念了達芙妮・杜・莫里哀（Daphne du Maurier）[23]的《蝴蝶夢》（影響了希區考克電影的書），一本女性小說。學期一開始，教授就感覺到教室

22. 克拉克・蓋博（Clark Gable, 1901-1960），美國著名電影演員，代表作「亂世佳人」。
23. 達芙妮・杜・莫里哀（Daphne Du Maurier，1907-1989），英國女作家，生於倫敦一個藝術世家。

裡的呆滯氣氛。

「怎麼啦？」他問課堂上大部分的男生。「你們都不喜歡嗎？」

「我不知道，」我說，我總是第一個表達意見。「我無法真正認同。它是一種——少女文學（girlie）。」

當一個女同學指出雖然女性學習跨越男性英雄的認同——基於需要，或者說，文學都是這樣灌輸的——長久以來，男性只被要求認同其他男性，男生們便切切低語同意。

但是幾個月過後，我就為最女性化的小說、女性文學的教母所著迷。奧斯汀向我顯示行為舉止像女人的真意，也讓我了解價值何在。她教我傾聽伍德豪斯先生或貝茨小姐這類人的話語，因為他們跟任何人一樣值得尊敬，他們的感情也一樣真實深切，我可能有很多重要的事情得跟他們學習。的確，一旦我開始留意他們，我便慢慢覺得不論他們可能有多愚蠢，他們每個人都具有大智慧——事實上，他們都具體呈現了小說本身試圖教導的重要功課之一。

伍德豪斯先生對健康和食物的執著，可能有些專橫——「貝茨小姐，讓我對你對這些蛋之一的冒險提出建議。煮熟的蛋非常軟嫩有益健康。絲莉（Serle）比任何人都了解如何煮蛋。」——但是這種建議來自於他對周遭親友健康的真誠溫柔關懷。比方，「好心、禮貌的老人，」他跟貝茨小姐的侄女珍·費爾菲克斯說，「以他最溫和的優雅」：

> 費爾菲克斯小姐，我很遺憾聽說妳早上冒雨外出……年輕小姐都是精美的植物。她們應該照顧自己的健康和氣色……我希望妳的好外婆、阿姨都很平安。她們都是我非常老的一些朋友。我希望我的健康允許我成為更好的鄰居。你今天真的帶給我們莫大的光榮。我女兒和我都深切感受到你的好意，並且很高興在哈特菲爾德看到妳。

這真是奇妙的體貼，是書中最感人的一刻，而且宛如人類單純良善的一個論證——對其他人感受的關懷，顯然是艾瑪拙於表現，而我也一無所知的——令人無法反對。

至於貝茨小姐，她存在於小說的最高級功課。奧斯汀是這麼介紹她的：

> 她的年輕歲月已經平淡逝去，她的中年奉獻給照顧衰弱的母親，以及盡可能努力賺取微薄的收入。然而她是個快樂的女人……她愛每個人，關心大家的幸福，敏

於觀察每個人的優點；自認為是最幸運的人，被恩寵所籠罩。

艾瑪，擁有一切，卻永遠不滿意她周圍的世界，就像我，老是處於憤怒陰沉恆久的迷惑中。相反的，面對寂寥老年，依賴大家的善意的貝茨小姐，卻很快樂。如果她的話在瑣事的無盡之流裡沸騰流動，這只是因為，跟奧斯汀一樣，她發現周圍的一切都非常有意思。

關注「細微末節」，就是留意你此時此刻流逝的生活，與生活流逝之前。但是，我也了解到不僅僅如此而已。藉著討論他們的生活瑣事，不只談一下，而是一次又一次、一遍又一遍的談，同樣的簡短故事變豐富了，故事還從這個人家傳到其他人家——《艾瑪》書中人物所做的就是把自己跟生活連繫起來。他們在編織社群網，一次一縷對話。他們在談話過程中，創造世界。

再一次，女主角本身就有這樣的困擾。她喜歡跟特別的朋友衛斯頓太太閒聊，但是當貝茨小姐加入，她無法迅速閃人，珍・費爾菲克斯的信函就成了比死亡還糟糕的命運。她是周遭最聰明漂亮的人，財富、出身優於其他人，她認為她的生活應該比海貝利的其他人更有趣。就像一個拙劣的讀者，她渴望謎團與冒險犯難，但是，最後所作所為都讓她與周遭的人、甚至自己疏離。《艾瑪》好玩的地方，是對自己的判斷信心滿滿的女主角，經常把事情搞砸，而搞砸的原因一點都不好玩。她跟我一樣麻木不仁。她無法感受到自己的感覺是什麼，也不知道自己要什麼。

然而，艾瑪終究明白日常生活不只比她想像的充滿喜悅——充滿戲劇性——也比她想像**過**的情節或白日夢、任何事，更充滿喜悅、戲劇性。這些事，她只是在玩感覺。但是，老套單調瑣碎的日常生活——才是感覺真正的基礎。由此，她發覺她應該嫁給誰，我也發現了這本小說旨趣所在。小說的確關心女主角情歸何處？但是用心隱藏於很深很深的深處。總之，艾瑪足智多謀，當各個部分各就各位，智謀便巧妙地隱藏到最終，就像鐵屑圍繞著磁鐵。

艾瑪終於覺得她的生活真實起來了，在閱讀她的生活時，我也覺得我的生活終於變得實在。夢遊度日、行屍走肉的感覺，再也無法切斷這種真實感。《艾瑪》書裡的海莉特・史密斯、珍・費爾菲克斯認真過日子的狀況，與男女主角讓人樂於參與的多采多姿生活，名流五光十色、引人入勝的生活，或我所知道的大人物令人印象深刻、想要擁有的重要生活都不一樣。但是，單調人物的乏味生活之所以重要的唯一理由，就在於他們就是這樣**活著**——這讓我終於能正視自己的生活。

我當然有正視我的計畫、雄心壯志，我沒做到的是正視日常生活裡的確存在的瑣事、片刻感覺。因此，我不是史蒂芬‧迪達勒斯或康拉德的馬羅。我是艾瑪。我是珍‧費爾菲克斯，我是貝茨小姐。我不是反抗者，我是笨蛋。我不是飄浮於芸芸眾生百萬英哩之上的壯麗隔離體，我就是芸芸眾生之一。總之，我是一個正常人，一個人。

如果我開始正視我的生活，我也開始正視世界了。再一次，我對自己其實還不是很認真面對的想法感到訝異。我不是常常憂慮政治、社會正義、未來世界等等大事嗎？我不是花很多時間跟朋友們討論這些大事，說這些大事應該怎樣怎樣才對嗎？然而，最後這些都只是理論性的說法罷了，感覺上與艾瑪重新編造她周圍人物生活的構想一樣虛幻。奧斯汀教導我一種新的道德嚴肅性——它的真義所在——不是為大世界負責，而是為小世界負責：為你自己負責。

當我用自己的方式解讀《艾瑪》，我開始覺得生命中獲得了一種前所未有的價值感。就如第一次認真觀看周遭世界一般，感受到它呈現的真實，而不只是一束觀念：水真的**是**溼的，天空真的**是**藍的，世界真的一**如**我們所擁有的。這就是珍・奧斯汀最敏銳的讀者作家維吉尼亞・吳爾芙（Virginia Woolf）[24]藉《戴洛維夫人》（*Mrs. Dalloway*）反映的「她常常覺得即使活一天也非常非常危險。」不是因為生活充滿危險，而是因為生活非常重要。

我對文學的想法無法讓這些啟示成立，更無法讓我對於其他事情的想法成立。在現代主義的聖壇崇拜之後，以它高傲的姿勢與崇高的哲學意涵，我相信偉大的文學必須嚴峻難解：充滿誇耀所學的暗示，意象與象徵綿密嵌合有如巨大的七巧板。一本真正有價值的書，必須提供形上學般深奧、聖經般終極的真理——必須保證揭露語言，或自我或時間的本質。現代主義是優越人們的優越藝術，文學運動的傲慢者也如此相信。難怪我不屑盲目的群眾；我都是跟艾略特（T. S. Eliot）[25]、納博科夫學來的，他們作品的字裡行間賣弄的都是對一般人的輕蔑。《艾瑪》駁斥了偉大文學必定艱澀的觀念，也非難了認為觀念是被設計來辯解的人性態度。我仍然愛現代主義，只是不再相信它是臻至藝術的唯一途徑，也不再認為它能顯示生活之道。

24. 維吉尼亞・吳爾芙（Virginia Woolf，1882-1941），英國小說家、評論家，意識流小說、女性主義的代表人物。代表作《遠航》（*The Voyage Out*）、《燈塔行》（*To the Lighthouse*）、《海浪》（*The Waves*）。
25. T. S.艾略特（T. S. Eliot，1888-1965），英國詩人。代表作《荒原》（*The Waste Land*）。

然而，現代的傑出小說到底在哪裡呢？是形塑了我作為讀者的認知核心的詹姆斯・喬伊斯的《尤里西斯》（Ulysses）嗎？一如英語系國家的大師會告訴你的，《尤里西斯》也讚美日常生活。喬伊斯希望此書的藝術性、規模能與西方文學的頂尖人物荷馬（Homer）[26]、維吉爾（Virgil）[27]、但丁（Dante）[28]的偉大史詩作品相提並論。但是書中的核心人物，他設計的不是阿基里斯（Achilles）[29]或奧德賽（Odysseus）之類的英雄角色，而是他所能想到最不起眼的人，一個叫做李歐波・布魯姆（Leopold Bloom）的猶太裔廣告代理商——一個可悲的窩囊廢、被戴綠帽的丈夫、孤獨的人、失敗者。這本小說史詩般的偉大來自喬伊斯在他周圍創造的象徵結構，從標題開始。這個不了解自己的男人布魯姆變成了今天的尤里西斯，在都柏林的一日漫遊相當於他前輩尤里西斯在眾神、怪物間飄泊十年的縮影。

這態勢令人振奮，甚至讓人高貴。一如奧斯汀，喬伊斯說每一個生命，包括你的，都有它英勇的方式。然而《尤里西斯》不像《艾瑪》能帶給我那種認知的原因，完全是因為喬伊斯所選擇的言說方式。那些象徵結構非常明顯強勢，喬伊斯的藝術效果也非常炫目鋪張，以致於最後你覺得布魯姆的重要性與布魯姆無關，一切都是作者搞出來的。布魯姆的禮服被借用了；他的生活根本不值得我們一顧，經過藝術化處理的生活才是主題。布魯姆的故事頌揚

26. 荷馬（Homer），古希臘盲詩人。生卒年月不可考。相傳記述西元前12-前11世紀特洛伊戰爭及海上冒險故事的長篇敘事史詩《伊利亞特》和《奧德賽》，即是他根據民間流傳的短歌編寫而成。
27. 維吉爾（Virgil，拉丁文Publius Vergilius Maro，西元前70-西元前19），被譽為古羅馬最偉大詩人。代表作《埃涅阿斯紀》（*Aeneid*）。

的終究是喬伊斯自己——一位無與倫比的大師，而不是每一個人。就這個角度而言，《尤里西斯》所傳達的訊息與奧斯汀的完全相反。日常生活只有喬伊斯能處理的部分才重要。除此之外，你的生活不值一提。

有人曾經告訴我一個關於《艾瑪》的理論——輿論一致認為本書是奧斯汀最偉大的小說——她聽說《艾瑪》也被設定成一種史詩類的作品，是奧斯汀對傳統經典文學不可思議的貢獻，一個世紀後的喬伊斯也高調地想方設法入列其中。在野餐的那一段，艾瑪一針見血，就道德而言，被認為是小說由英雄下降至底層社會、西方史詩重要傳統的轉變等等。請記住，這是一個奧斯汀迷提供的論點；對她而言，這可以讓她喜愛的作家提升至大男生作家的重要地位。但是對我而言，這個論點完全錯失了奧斯汀想要致力的重點，就某方面而言，甚至是貶低了它。我們不需要假裝奧斯汀的小說是喬裝的史詩鉅著，以給予它應得的崇高評價。她不用跟大男生玩一樣的遊戲。她小小的女性遊戲一樣好、一樣豐富。奧斯汀以**自己的**日常用語讚美日常生活——沒有喬伊斯、現代主義、史詩原型，以及史詩傳統所有作品的魅力。她提供給我們的，如果我們願意去觀察，就**只**是沒有擴大的日常生活。就**只**是小說，沒有理由。就只是個人的，就只是私人的，就只是小事，沒有辯解。

28. 但丁（Dante Alighieri, 1265-1321），義大利詩人，歐洲文藝復興時代的開拓人物，代表作《神曲》（*La Divina Commedia*）。
29. 阿基里斯（Achilles），古希臘神話和文學中的英雄人物，參與了特洛伊戰爭，被譽為「希臘第一勇士」。

看過《艾瑪》後，我的生活還有一件事要改變——我跟周遭親友的關係。當我開始第一次觀察我自己，也開始第一次觀察**他們**。我開始留意周遭親友的感受、體會。我生活中的人們開始發展出文學人物角色的深度、豐富性。現在，當我們談話時，我幾乎可以跟他們感同身受；當他們想跟我表達時，我也抓得到重點。周遭生活不再乏味茫然，變得生氣勃勃而重要。每一件事都有趣、有意義；每一個對話都具有潛在的啟示。我的耳朵好像第一次打開。突然間，整個世界似乎比我能想像的更充實、更寬廣，有如一棟有千百個房間的房子，房門都敞開待探索。

總之，我開始留意周遭親友與**我**相關的感覺、體會——我的一言一行對他們有什麼影響。驚奇！驚奇！我的許多言行果真讓他們敬而遠之。如果你的所作所為完全不顧及他人，就非常可能做出許多傷害他人的事。我現在知道如果想要擁有真正的朋友，或者應該說真正的友誼，我得做些什麼。我得學著不要再當個防禦過當、反應強烈、孤僻自閉的混蛋。

差不多那個時候，我和一個朋友聊天。她是大學時就交往的女友，一個我過去沒有善待的人。她談到一位她的朋友，她覺得她們的交情已不若以往親密熱絡。我聽她說的是一種我未曾擁有的深厚友誼，不禁越來越激動，最後不得不打斷她的話問說：「嗯，親密是什麼意

思？」這不是一個誇張的問題。我突然明白它有多麼重要，而我居然不知道。接著，我陷入了強烈的迷亂與失落感中——就好像這件大事已經存在了許多年，而我才發現錯過了又沒有線索可尋——我再追問：「**我們**親密嗎？**這種**親密是我們現在擁有的親密嗎？」我真的不知道，「你這可憐的混蛋」她臉上的表情說明了一切，「我們的親密關係當然不一樣」。

嗯，這個體認就像個疙瘩在我腸胃裡停滯了好幾個禮拜。我不知道怎麼處理它，擺脫它，如何把自己從剛剛發現、身處的洞穴裡挖掘出來。但我知道不能再這樣過下去了。學期末，我鼓起了勇氣跟女友談，並提出分手。即使我開始了解真正的親密關係應該怎麼樣，我們還是沒有什麼共同點，此外，我如此拙於彌補，也難以重新開始（事實上，她早就覺得我們該分手了，分手讓她鬆了一口氣）。有人陪伴那麼久之後孤獨過活並不好受，但是我知道如果要活得像人，就必須踏出這第一步。哦，不，這並不是第一步。第一步是始於閱讀《艾瑪》。

第二章

傲慢與偏見

pride and prejudice: grown up

成長

念研究所的前幾年，我住在一間髒髒小小的大學公寓，陸陸續續的與一些被分配住這兒的商學院學生分租。他們會一起去尋歡作樂，回來時洋溢著雞尾酒味和前程遠景，或者呼朋引伴在電視機前吵吵鬧鬧。我呢，則悶坐房裡，像老鼠一樣藏身洞穴。那真是相當小的一個房間。我的桌子是一塊寬寬厚厚的木板，底下墊著兩個小櫥櫃；床是老舊的扁平沙發床，就擺在地板上。一張堅固厚實的椅子、一個窄小的書架、一台二手電腦——房間很擁擠。我習慣睡到中午，然後熬夜念書到凌晨四、五點，我把舊羊毛毯釘在窗框上、阻擋通風口安全燈發出的強光。凌晨三點是我的泡麵或英式漢堡披薩晚餐時間，打開廚房的燈，我會稍待一下，讓蟑螂有逃之夭夭的機會。

我將近三十歲了，換句話說，還過得跟大學生一樣。我的成長有些麻煩——其中一個原因是我重返學校。我曾經在外闖盪好幾年，做過好幾份工作，但是始終沒學會如何獨立面對生活。諸如買洗髮精等簡單的事情，常常讓我精神分裂、搞不清楚狀況。我會像個剛醒的夢遊者，手拿一瓶洗髮精、站在店裡，奇怪自己怎麼到店裡的，接下來又該做什麼。**是的**，我會想**你進這家店是因為你需要洗髮精洗頭髮，現在，走到店的前面櫃台付錢。**

說實在，如果我在成長為大人方面有些困擾，也不太令人訝異。身為家裡三個小孩中最小的——小了幾乎六歲之多——我經常被當成小小孩對待。我媽媽非常愛我、支持我——我是「她的」孩子，長得像她，也讓她想起她崇拜的父親——但是她也把我看待成小孩。然而最重要的人是我父親，他控制了全家人。在要求和傷害我的同時，他待我如小孩，卻**未**付出愛和支持。他期望很多，給我很清楚的訊息：他認為我成事不足，敗事有餘。

回想起來，父親顯然為金錢和物質煩惱不安。他和他的父母曾經是二次世界大戰的難民，他們在最後一刻逃出歐洲納粹對猶太人的大屠殺，但仍有許多家人來不及逃離。雖然他全力抹去了捷克口音，卻仍深受早年經驗的影響。不用花的錢他一毛都不花，一個迴紋針也絕不浪費。他非常嚴苛、霸道，用打罵要求好成績，但在教養的階段卻又保護過頭。

他不希望我們冒險犯難、探索可能性或嘗試失敗，他要我們按照他的計畫：念科學（他自己是工程師）、上醫學院，盡早開始賺錢（至少，這是對哥哥和我的規劃。姐姐呢，能把自己嫁出去就不錯了）。別浪費時間、別三心二意，這世界是危險叢林，轉錯的彎越少，對你越好。他已經算計好你必須做到哪些事以維護生活保障，我們自己的重新盤算完全不算數。

父親一看到我打不開瓶罐（十歲時），或搔頭寫報告（十五歲時），就會插手幫忙解決問題，而不讓我用自己的方式解決。他的本意良好，想在我能處理得當之前，讓我免於周遭折騰所帶來的痛苦與麻煩。「我已經處理好了，」他說：「希望你能學習我的經驗。」但是他的方法忽略了他不可能時時在我旁邊當救火隊的事實。所以我從來不了解如何照顧自己，如何應付推銷員、如何理財，如何以自己的方式生活於這個世界。於是二十八歲的我由於害怕做錯決定，只能盯著洗髮精猶豫不決。

我不得不回到哥倫比亞大學，父親的工作就在這兒，所以不用付學費，我大學也是在這裡念的。我可以去芝加哥念，但是搬到陌生城市的前景，周圍幾百英哩沒有半個認識的人，不是我能想像絲毫的事。所以我又回到了老地方，住在父親辦公室附近的一間公寓。

父親偶爾會來看我，帶我去中國餐館吃午餐。他不太高興我主修英文——估計他餘生都得金援我——我們邊吃炒飯邊吵。「如果我有自己的事業，」他說：「就會拉你加入，但是你一定會拒絕。」我就提醒他，他曾跟他父親發生過什麼事。他父親在服裝區經營小本生意時，他也不想接手賣拉鍊的家業，就跟我不想當醫生一樣。但是，說了也無助於我們的關係。

事實是，他沒想到我會念完研究所，他甚至沒想到我會**進**研究所。不論下一個挑戰是什麼，他總認為我無法勝任。因為總之——這完全是個循環邏輯——他不是老是在幫我解決問題嗎？他不認為我過得了第一年，由於我高中時的法文成績才C——而他能說六種語言——他覺得我無法取得語言學分。「感謝你的支持噢！」我說，然後謝謝他的午餐，回我破舊的公寓。

當我讀《艾瑪》時，我住在這間公寓，也與女友在此分手。接下來一年我讀珍・奧斯汀的其他書時，仍住在這兒。那是我研究所第三年結束時的夏天，我的課程都修完了（語言課程也過了），正在準備秋天的期末考——恐怖的口試資格測驗。在四個月內，我大概要念一百本書，然後接受四位教授兩小時的閉室考問。這是一種流程儀式，一旦通過——**如果**過了——以專業術語來說，就離成熟更近一步，也成為教授之一（我父親當然認為我過不了，「你必須讓工作適合你！」他說）。但是，不管成熟有什麼其他意義，我還搞不清楚自己可能有什麼問題。

那個夏天，我一個人擁有整個空間——一個商學院二年級學生，來自達特茅斯（**Dartmouth**）的紈袴子弟，找到更好的住所搬走了——我從早讀到晚。刷牙時念、吃泡麵時念，甚至走在街上也念（需要相當的協調，我發現）。夏天過了一半時的某一天，非常突然、意外的，我戀愛了。

我熱戀的對象，當然是伊莉莎白・班奈特（Elizabeth Bennet）。我以前怎麼抗拒得了這位《傲慢與偏見》（*Pride and Prejudice*）的女主角呢？她是我所見過最迷人的角色。聰明、機智，充滿樂趣與笑聲——在她旁邊，你會備感生氣盎然。當她老姐珍（Jane）滔滔不絕的說某些新朋友「年輕人就應該這樣」，「感性、有幽默感、活潑」，伊莉莎白淡淡的回說：「他也很英俊，年輕人就應該這樣，如果有可能的話。」伊莉莎白也堅強、開朗而勇敢，忠實的她會像母獅子一般保護你。當珍探望一些附近的名流朋友而不幸生病時，伊莉莎白想也沒想就徒步跋涉過三英哩的泥濘去照顧她——一點也不在乎她姐姐的朋友是否覺得她看起來很狼狽。

跟我一樣，伊莉莎白也有難相處的家人。珍宛如夢幻——甜美、親切、有耐心，是可以吐露心事的知己。她們的三個妹妹則不然。排行中間的瑪麗（Mary），所有的想法都來自於書，愛吊書袋，令人厭煩，比方，「虛榮（vanity）和驕傲（pride）不同，但是常常被當成同義詞使用……」。最小的兩個妹妹凱蒂（Kitty）和莉蒂亞（Lydia），是傻呼呼、愛賣弄風騷的花痴。她們的父親是聰明人——每回他講話，我都會坐挺一些，他和伊莉莎白的關係好玩又有趣——但他的力氣都花在與她們神經兮兮、愚蠢可笑的母親爭吵。他們兩個就像長期合作的喜劇搭檔，更糟糕的是他們都明白。「你以煩我為樂，」班奈特太太埋怨道：「你一點都不同情我可憐的神經。」「親愛的，你誤會我了，」她先生回嗆：「我極為尊重妳的神經，它們是我的老朋友，至少這二十年來，我一直聽到妳體貼的提到它們。」

我也很高興伊莉莎白跟我一樣，對結婚沒什麼興趣（她有那樣的父母，誰能怪她？）。「如果我決心嫁個有錢老公，」她說：「或任何老公……」當然，仍無法阻止她媽媽擁有自己的想法。每天窗簾一拉開，班奈特太太一醒來，所有的念頭都是想把女兒們嫁掉，跟老公叨念著該去認識剛搬到附近的闊少查理・賓利（Charles Bingley），免得其他媽媽們先認識他。

很快的，姐妹們認識了賓利和他更有錢的朋友達西（Darcy）先生。兩個人截然不同。賓利像隻小獵犬般興高采烈。「真是我的榮幸啊，」第一次見面時，他就跟朋友說：「我從來沒認識過這麼多令人愉悅的女孩。」但是達西就像暹羅貓般高傲了，只要有人以錯誤的方式接觸他，他就把自己舔乾淨。在遇見伊莉莎白之前，他甚至惡劣的冷落她。當朋友建議他邀她跳舞時，達西反對說：「她還好，但是沒有漂亮到可以打動**我**。」我認為這儼然是一種個人侮辱。是哪一種白痴，居然看不見伊莉莎白・班奈特讓我愛慕的每一個特點？女主角也同意。當她姐姐與賓利迅速墜入愛河時（他正是珍所謂的「年輕人就應該這樣」），她寫下達西是無法忍受一本正經的人。很快的，第三位年輕人來了，他從小就認識達西，證實了她對他個性的所有臆測。

同時，達西對賓利的追求感到擔憂，他不是會隱瞞自己意見的人。就社會用語而言，不僅珍的階層在他朋友之下，而且除了珍、伊莉莎白以外，她們一家人都是難以形容的粗俗。在賓利家的一場舞會，決定了珍的命運。大家都在場，班奈特家的人盡情展現。班奈特太太高聲聒噪著即將來臨的喜事──「珍嫁得這麼好，想必其他小女兒們也會因此嫁給富家子弟」──她忘了之前碰到的窘況，以及可能被不該聽到的人聽到了。「達西先生對我而言是什麼？」當伊莉莎白試圖要她閉嘴時，她輕蔑地說：「我應該怕他嗎？」瑪麗，感情多於理智，糟糕得很，想炫耀琴藝。凱蒂和莉蒂亞失去了控制。至於班奈特家的牧師遠親柯林斯（Collins）先生，文學史上的大笨蛋之一，此時正在誇耀、奉承（我想牧師辦公室在神的國度裡也是非常尊貴的，才能維繫合宜的人類行為），他沒有經過正式介紹就跟達西先生大發謬論，簡直是不可原諒的失態。

伊莉莎白碰到轉折就畏首畏尾──如果「她的家人都同意於晚上盡可能讓自己備受矚目，他們就不可能有更多精神或成功的扮演自己」──我與她同感受辱。她的家人是為了珍而吹噓，就為了她而不是該被咒罵的伊莉莎白。但是太遲了；達西真是看夠了。他似乎一點也不在乎他的朋友跟珍相戀。班奈特家知道的下一件事是賓利離開了，而且好像再也見不到他了。珍崩潰了，伊莉莎白氣炸了，我想扭斷達西的脖子！

這跟閱讀《艾瑪》是完全不一樣的感受，也不只是因為我變成了她的信徒。《艾瑪》從一開始就告訴我女主角的錯誤有多要命。我受不了她一直到奧斯汀顯示我跟她有多像。但是我在這兒，《傲慢與偏見》看了一半，我不僅從頭到腳向著伊莉莎白，也完全贊成她說的每一句話、她做的每一個判斷。我愛她的朋友、恨她的敵人。我願意和她一起對抗全世界。

但是，開關像被按了一下，所有事情又來個大翻轉。伊莉莎白遇見了根本不想再看到的人。他做了一個她不想聽到的宣告。她憤怒的抨擊。他回以冷淡辯解的長信，讓小說前半的所有事件有了截然不同的面貌。她讀了一遍、拒絕他的說法。她又念了一次——突然她發現自己一直以來都是錯的。

由於伊莉莎白覺得珍顯然喜歡賓利，所以她現在了解到自己之前也認定每個人都清楚珍喜歡賓利。她姐姐是這麼美好，所以她拒絕相信她們家人的舉動會妨礙珍美好的姻緣。伊莉莎白是如此自豪，當她發覺別人對她傲慢時，她會蔑視他們的傲慢。但最糟的是，她現在看到了她對個性的判斷——這是她自己最慶幸的。她原先認為自己第一眼就可以看透男人。她錯以為親切、友善的年輕男人就是好人；冷淡、自負、寡言的則是壞蛋。

然而，現在她了解自己過去錯得有多離譜。她直率而勇敢的下了非常堅定的斷言：「盲目、片面、偏見、荒謬」、「我的所作所為太卑鄙了」，她厲聲責備自己：「我還很得意自己敏銳的觀察力！還以自己的能力為榮呢！」

當然，如果伊莉莎白發現自己一直以來都是錯的，那麼我也是。我跟她下了同樣的判斷，而且更糟。這的確和讀《艾瑪》的體驗完全不同。《艾瑪》是邀請我一起嘲笑女主角滑稽的計畫。但是這回，玩笑可是開在我身上。

我被伊莉莎白的聰明、魅力吸引，從未想到質疑她。毫無疑問的，自我—阿諛扮演了重要的角色。奧斯汀引誘我認同她的女主角，我很高興的順從了。現在情況變成如果我真的很像她，理由卻不在我的意料之中。伊莉莎白太相信自己的判斷——跟我一樣。她比她所認識的每一個人都聰明得多，除了她父親——他常常告訴伊莉莎白她有多聰明——所以她認為她相信的所有事物一定是真的，只因為她相信。她不認為有平心靜氣傾聽別人說話的必要。他們怎麼可能說出什麼？她已經知道她必須知道的所有事情。

這本小說的原名是「第一印象」（*First Impressions*），伊莉莎白並沒有現代世界所謂的以偏概全。她不會在認識人之前，以他所屬的社群評斷他。她在認識人時評斷他，因為她認為她那時已能完全了解他。「第一印象」：現在對我而言有雙重意涵，一指女主角遽下結論的傾向，一指與她易地而處的我們。

它也有第三層意思。「第一」也指「初期」——你開始生活時發生的事情。我看的這本小說，最終說的不是偏見或傲慢或甚至於愛。伊莉莎白不過二十歲左右，她的錯誤是年輕人的錯誤——精確的說，是未曾犯錯的人犯的錯，或者至少是未曾被逼承認錯誤的人犯的錯。她引人注目的精采機智像是防護盔甲，盔甲底下的伊莉莎白仍不過是個女孩。「如果我決心要有有錢的丈夫，或是任何丈夫」：這種敘述不是來自於知道自己想要什麼的女人，而是出自於根本還沒開始想的女生。當她讓她呈現——「盲目、片面、偏見、荒謬」——她在她的控訴加了最後的罪狀：「直至此刻，我仍不了解自己。」達西的傲慢與伊莉莎白的偏見，他的偏見與她的傲慢：這些也許讓情節生動起來，但是我是透過伊莉莎白的體驗——我從她所犯的錯誤學習、在自己的錯誤中與她一起學習——體會這本小說真正帶給我的是如何成長。

成長可能是所有人做過的事中最值得一提的。有一天我們還在拿木鴨敲小弟弟的頭，幾天後我們就在經營事業或寫書或養育孩子。我們如何辦到的？身體的成長很容易，只需要一些食物、一些運動，連想都不用想，我們就會逐漸發現自己長大、變高、毛髮滋生。但是其他方面——又怎麼樣呢？我們衝動、無知的進入這個世界——我們如何變得適合人類的公司？更別說怎麼愛人了？

那個夏天，我發現這些就是珍・奧斯汀小說的主旨。她的女主角們可能十六或十九或二十歲（那個時代的人都早婚，特別是女人）。我們跟隨她們幾週或幾個月或一年。她們從某個地方出發，然後逐漸——或者某個時候，很突然地——在某個其他地方結束。她們張開眼睛，放聲大叫，一陣狂亂的呼吸，然後就安居樂業、四處張望她們發現自己的奇妙新世界。她們開始時還是女孩，然後日復一日、頁復一頁，在我們眼前轉變成了女人。

她們的變化給了我一個啟示。我以前總認為上學、工作才能讓人成長：通過考試、獲得入學許可、考到各種證照、獲取讓你可以被雇用的知識與技術——這些說法是我父母（及其他相關的人）教我思考的。如果我被問到成熟可能要具備什麼樣的人格特質——我很懷疑自己具備了——我會說自信、自尊之類的。至於說到個性或行為，誰還會用這種名詞呢？他們的聲音對我而言很嚴厲：非常苛求、非常死板。讓我聯想到學校制服、手拿直尺的修女、冬天早晨的冷水澡——所有那些人們習慣加諸於小孩的恐怖行為。

然而，奧斯汀並不這麼想。對她而言，成長與知識或技術無關，而與個性、行為舉止息息相關。記憶羅馬皇帝（或美國總統）的名字或學習如何縫紉（計算），無法堅強你的個性或改善你的行為。她也相信你無法藉著提升自信、自尊達成這個目的。自信與自尊是強敵，它們會讓你忘記你仍然只是衝動、無知的組合。對奧斯汀而言，成長就是犯錯。

這是《傲慢與偏見》教我的第一課。伊莉莎白的錯誤不是她可以避免的意外，它們是她個性的表現——事實上，是她個性中最優的部分，我最愛她的敏捷、自信。奧斯汀告訴我，你不是修改你的錯誤，好像它們是你的身外之物，你無法阻止它們發生。你不是天生完美，只消發展自信、自尊以展現你奇妙的完美。你生來就是得面臨小說中所有的錯誤。我父親不可能讓我免於我的錯誤，但是我的錯誤可能讓我免於陷入自我。

伊莉莎白和我都很年輕，而就跟大多數年輕人一樣，我們不曉得自己究竟有多年輕。有些人二十歲左右對自己就有完全相反的想法。T. S. 艾略特在伊莉莎白的年紀，寫了感覺自己老到非常非常恐怖的詩。那是一種童年結束、疲勞厭世、智慧的感覺。你穿上黑色的軍人外套或服裝，以顯示你是如何終結它。你常常說「管他的」或「哦」——因為一切是如此無聊、都在意料之中。如果你是伊莉莎白・班奈特，你發誓你絕對不會結婚，或者你會宣布你的最大錯誤，「抱歉——人的確知道要想什麼。」

令人驚奇的是，奧斯汀對此感到十分平靜。當大部分人回想年輕時的行徑，他們都想躲在安全的地帶，但是若現在看到有人如出一轍，他們又想敲人家的頭。而奧斯汀則是以完美的幽默與理解視之。她體諒他們，雖然她了解他們非常愚蠢。真正令人不可思議的是，當她開始寫《傲慢與偏見》時，她才二十歲。

換句話說，在寫伊莉莎白的境遇時，她也是在寫自己。伊莉莎白喜愛跳舞，所以她的作者也是。伊莉莎白喜愛閱讀，所以她的創造者也是。伊莉莎白喜愛散步，所以珍・奧斯汀也一樣。一如伊莉莎白有珍，所以奧斯汀有卡珊德拉，一位溫柔、得宜，大兩歲的姐姐——知己、可以商量的手帕交、最好的朋友——可以崇拜、敬佩。（她們的母親曾說過：「如果卡珊德拉要被殺頭，珍一定也會奉陪。」）最重要的是，奧斯汀賦予了伊莉莎白她自己的心智特質：銳利的機智，與有點頑劣的幽默感。伊莉莎白與達西先生高空走鋼索式的對話，奧斯汀寫給卡珊德拉的信，正好呈現了這兩種特質。比方，伊莉莎白說：「我完全相信……達西先生沒有背叛，沒有隱瞞。」奧斯汀讓自己有更寬廣的空間。以下就是她參加舞會時的叨叨絮絮：

很少美女不是很漂亮。艾蒙格小姐（Miss Iremonger）長得不怎麼樣，布朗特太太（Mrs. Blount）是唯一被仰慕的一位。她一如往常在九月出現，大大的臉、鑽石束髮帶、白鞋、粉紅色的先生、肥胖的脖子——兩位考克斯小姐（Miss Coxes）在那兒；我跟蹤其中一位八年前在安罕姆（Enham）跳過舞的粗俗女孩……——我看著湯瑪斯・錢朋尼爵士（Sir Thomas Champneys），想著可憐的羅絲莉（Rosalie），幾年前他曾為她著迷；我看著他的女兒，想著她是頸子白白的奇怪動物——華倫太太（Mrs. Warren），我很後悔把她勉強視為年輕美麗的女人。她擺脫了某些孩子氣的部分，常常跳舞，個兒不大。她的先生非常醜陋，甚至比他堂兄約翰還醜；不過他看起來沒有很老。——梅特蘭姐妹（Miss Maitlands）都相當漂亮，非常像安妮（Anne），皮膚棕色、眼睛大而黑、鼻子美好——將軍有痛風，梅特蘭太太有黃疸病——戴柏莉、蘇珊和莎莉小姐看起來都很黑……，而雖然她們都有口臭，我仍然彬彬有禮。

但是，不論她私底下多惡劣的嘲笑鄰居，在公開場合她還是滿維護他們的感受。在同一封信裡——她說到下週四要拜訪朋友，但除非她那晚有舞會，否則不會去拜訪。然後她加了幾句話：「如果不為舞會而拜訪，我無論如何也不會如此失禮，在那種時間出發去另一個地方，而且訂下週四早上之約。」

她的幽默感可能粗魯了些，但她的心可是慷慨大方，她賦予了伊莉莎白相當均衡的機智與溫暖。難怪《傲慢與偏見》的女主角仍是她作者餘生喜愛的人物。「我要告訴妳，我在倫敦接到寶貝孩子了，」她拿到第一版的小說時，寫信給卡珊德拉，她指的是書或書中的女主角不是很明確。接著又說：「我想她是所有書裡面最討喜的人物，我怎麼受得了那些不喜歡她的人，我實在不知道。」

幾個月過後，在前往倫敦的旅行中，她在畫廊找尋伊莉莎白和珍的影像。「我非常滿意，」她在信裡告訴卡珊德拉找到了符合她心中珍的形象的畫像。「我進而希望看到她的其中一位姐妹，」她繼續找，但沒有發現。「我只能想像」，她下結論說，伊莉莎白的新丈夫

「太珍惜所有她的畫像，不希望這些畫像公開展示——我可以想像他為什麼有那種感覺——融合了愛、傲慢、靈敏的感覺。」這是個可愛的想法，也顯示了兩件事。奧斯汀為伊莉莎白的婚姻而欣喜，好像自己就是女主角，而且沒有畫像像奧斯汀那麼像女主角。第一個愛上伊莉莎白・班奈特的，似乎是她的創作者。

再者，奧斯汀也沒有白痴到認為她的產品完美無缺。她知道伊莉莎白成長的道路還很長——也就是說她承認自己也是如此。的確，奧斯汀越年長，所寫的信就越溫和、敦厚。雖然她十幾歲就開始寫《傲慢與偏見》，這本書直到她三十七歲才付印——原書名是「第一印象」，被出版社婉拒，她也許久未再回頭看——由這點看，她的信又跟舞會的直率故事非常不一樣。

「智慧優於機智，」大約這個時候她跟喜愛的侄女說：「而且長遠來看，她一定會擁有快樂。」她的侄女范妮（**Fanny Knight**）、二十一歲，正在猶豫要不要嫁給認真、有想法，但少了一些禮貌與優雅的年輕男生。珍姑姑不是很確定：范妮很愛他嗎？不過有一件事她很確定「他不尋常的友善、嚴謹的原則、公平的觀念、良好的習慣——**所有**這些**你**都知道如何受到珍視，也真的最為重要——這些本質都是選擇他的主因。」她提醒侄女，美好的特質比活力充沛、精神洋溢重要得多。

同樣的，她也在審視范妮本身的特質，就像她長期以來都在審視兄弟的眾多孩子們（多達二十幾個）一樣。她不是母親，但她像母親般照顧侄女、侄子——尤其是范妮和她的兄弟姐妹，她哥哥艾德華（Edward）孩子的媽媽是難產過逝的。「他們各個方面都表現得非常好，」她寫到了他年長的兩個男孩，在悲劇發生後，從寄宿學校被送到阿姨、祖母處照顧，「情感表現得宜，說到他們的爸爸時，總是充滿熱烈的情感。」

幾年過後，提到她哥哥查爾斯的大女兒，她就沒那麼讚美了：「那位凱西（Cassy）小姐，看到我跟看到她姐妹一般，不過我本來也沒什麼期待啦——她不會表現什麼體貼。」「她先天缺乏後天失調。」然而兩年過後，在珍和卡珊德拉的教導下，小凱西進步了。「她的感性似乎打開了，能體悟美好的行為，」她姑姑寫道，對她爸爸而言，她變成「一種安慰」。很快的，奧斯汀另尋新世代，她侄女安娜（Anna）的孩子。「傑米馬（Jemima）的脾氣非常急躁易怒，」「我希望安娜早點感受到這個缺點，及早加以注意。」

每當奧斯汀寫到孩子，總是強調個性。不是美麗或創造力或智能，而是行為、性情以及同理、感受的能力。她看著侄女侄兒們成長，可能的話也會從旁協助，她曉得那是困難的過程。奧斯汀了解孩子們會犯錯，也了解犯錯不是世界末日。

最後，由於閱讀《傲慢與偏見》，我也逐漸了解這個道理。奧斯汀教導我：做得對，可能有人會讚賞的拍拍你的頭，但是做錯了，可能會帶給你更有價值的事物。它可能會讓你找到自己。然而，這還不是全部。如果我只需要犯錯，成長未免太簡單了。我常常犯錯。事實上，我就像伊莉莎白，時常重複犯同樣的錯。犯錯，我學到，只是第一步。伊莉莎白最小的妹妹莉蒂亞，聒噪、任性而厚臉皮，也常常犯下明目張膽的錯誤——對著別人的臉打呵欠，把錢浪費在小玩意兒上，不知羞恥的和年輕軍官調情——很顯然，她永遠長不大。伊莉莎白母親的一生是一連串的尷尬、漏子和打錯算盤，包括用盡方法抬舉她的女兒們，為她們找丈夫，而她一如原本，仍然是個焦慮、愚昧、自我中心的人。

奧斯汀表示讓你的錯誤指出你，甚至還不夠。當別人告訴我們我們做了什麼事，我們的腦袋非常擅於算計怎麼應答。我們像海狸一樣急忙跑走，撐起自尊的牆。誰？你以為在說我嗎？不，**你**一定搞錯了。這不是我的意思。這真的有那麼嚴重嗎？這是個意外，我絕不再犯，我發誓這是第一次。錯誤？什麼錯誤？

那個夏天，我發現奧斯汀的女主角們不斷被她們的錯誤指出，只是這些錯誤對她們沒什麼益處。一直到可怕的事情終於發生了，她們才有所成長。她們的成熟是透過苦難養成的：透過失敗，透過痛苦，尤其是透過羞辱。她們做了非常糟糕的事——不只是愚蠢，而且是不正當、傷害性的事——而且是在公開場合，在她們所重視的人面前。艾瑪以最無情的方式羞辱了貝茨小姐。伊莉莎白針對一連串的錯誤指控。然後，某個人迫使她們以無法否認的方式，發現她們的行為多麼惡劣。

這些都不是容易閱讀的情景。它們對女主角們、對我都很痛苦。我為這些年輕的女人感到哀傷，因為她們遭受羞辱時，眾目睽睽。一開始她們大多數都痛哭失聲。伊莉莎白比較幸運，她透過信函學習真理，所以至少可以與自己的情緒獨處。但是當她的許多錯誤呈現，她一一面對之後，也差點被打倒。她錯看了珍，錯看了家人，錯看了每一件事。「盲目、偏頗、成見、可笑」：不只是理智上的判斷；而是直擊重點的感覺。「這個發現多麼丟臉！」她對自己吼道：「然而，這是多麼公平的侮辱啊！」於是，接下來，她有了最極致的發現：「直到此時此刻，我才了解自己。」

在戲劇裡，這就是所謂認識的時刻。伊迪帕斯（Oedipus）[1]發現他瘋狂的罪孽，李爾王（King Lear）[2]了解他錯待了小女兒的恐怖。幸運的是，伊莉莎白犯的錯誤沒有這麼可怕、悲慘。《傲慢與偏見》終究是喜劇而非悲劇，而年輕人的故事，通常都有機會修正錯誤。但是，就在她認識自己的糟糕時刻之後，悲劇似乎要產生了。伊莉莎白不僅看到了自己的惡劣行為，也明白了自己將損失什麼。她原本擁有的美好快樂，現在都因傲慢與偏見而丟失了。

我們沒有人希望自己發生這種事，更別說讓小孩碰上這種事了。但是奧斯汀告訴我，如果幸運的話，它將發生。因為我爸爸是錯的：你無法從別人的錯誤學到什麼，而只能從自己的學習。奧斯汀讓她喜愛的伊莉莎白痛苦，因為她知道有痛苦才有成長。知道做錯絕對是不夠的：你還必須去感受它。

那個不同尋常的夏天，我也體會到了痛苦。事實是，那時我愛上的不只是伊莉莎白・班奈特。一個春天認識的女人，讓我在龐大的壓力中痛苦掙扎。我二十八歲，她二十一歲——年齡，讓人想起珍・奧斯汀小說的男女主角。她剛剛大學畢業，我對她的感覺是慾望和保護

譯註

1. 伊迪帕斯（Oedipus），希臘神話中忒拜的國王，是國王拉伊俄斯和王后伊俄卡斯忒的兒子，他在不知情的情況下，殺死了自己的父親並娶了自己的母親。
2. 李爾王（King Lear），莎士比亞最著名的悲劇之一《李爾王》的主角，是一位專制的國王，他對女兒們錯誤的判斷導致了他的失敗。

的痛苦混淆。她可愛、溫柔而聰明，緩緩的微笑似乎由內心展開，諷刺的幽默感中總伴隨著沙啞的笑聲。我們的友誼進展迅速、明朗。在我看來，她可能是我真正的伴侶。

那個夏天，我的生活非常簡單。只有我的考試和她。我磨光腦袋面對幾百本書，揪著心追求她。兩件事兜在一起。她變成了我的繆思女神，我的目標，透過書頁時看到的臉。她的陪伴是我苦行修練生活中的例外。我們可以好幾小時邊逛邊聊藝術、想法、所有我們認識的人。我們去博物館、電影院，我們說說笑笑，比較彼此的觀點、交換觀察。

但是，這些相處沒有任何益處。因為，幾乎每次只要在一起，我就會霸氣的說一些白痴又傷人的話：做作愛現，或歧視女性，或不可一世。「注意馬諦斯（Matisse）[3]怎麼玩顏色」（我好像某種電子語音嚮導）；或者「妳應該多讀一點佛洛伊德（Freud）[4]」（即使她可能念得比我還多）；或者「你到了我的年紀，就會明白這些事情」（我的年紀！我也不過二十八歲！）這是一種壓迫。閱讀《艾瑪》讓我更能察覺周圍人們的感受，以及我怎麼影響他們，更使我不會那麼麻木不仁、惡劣。不過，就像伊莉莎白，我想我真是聰明過度，所以無法抑制要把我的智慧貢獻給世界。我的自我太專注於感覺優越感，所以我甚至必須（或者可能是特別要）向所愛的人炫耀。而每次我這麼做，她就只是小心翼翼但勇敢的看著我，讓

3. 亨利・馬諦斯（Henri Matisse，1869-1954），法國畫家，野獸派的代表人物，也是雕塑家、版畫家。
4. 西格蒙德・佛洛伊德（Sigmund Freud，1856-1939），猶太人，奧地利精神病醫生及精神分析學家。精神分析學派的創始人。

我明白自己活像個蠢蛋，每次我都想鑽進地洞。我又在自賣自誇了，我想，她再也不會跟我在一起了。

事實上，她不曾這麼做。她是朋友，但是未曾變成我的女朋友。然而真丟臉、錐心刺痛的感覺，把那些教訓烙印在我腦海。她不是第一個告訴我我自大高傲的人——絕對不是——但是因為她對我前所未有的重要，她是我的第一個考驗。

因此，當幾個月過後，我讀《傲慢與偏見》時，伊莉莎白的體驗我完全懂得——或者應該說讓我完全明白了自己，明白自己經歷了什麼。奧斯汀告訴我，自我阻擾我們坦白面對我們的錯誤與缺點，所以自我必須被打破——就像羞辱的作用，它讓我們覺得毫無用處。羞辱，humiliation字根來自humility（謙卑），它讓我們謙卑，讓我們適度的謙卑。所以《傲慢與偏見》教我犯錯沒關係時，也告訴我覺得犯錯很難過沒關係。奧斯汀了解成長會造成傷害——它必須造成傷害，否則成長不會發生。同時，如果它來晚了，在我讀小說之前，那麼伊莉莎白小說最後的快樂結局，只會讓我了解成長是一種快樂的結局。或者，至少是對未來的承諾。

如果你從小被教導相信不應該體驗任何痛苦，那麼羞愧、羞辱、丟臉這些痛苦的感覺就難以接受。事實上，奧斯汀提供了一個完美例子說明無法接受這些感覺的年輕人——莉蒂亞・班奈特，伊莉莎白的最小妹妹——可能發生的後果是什麼。由於莉蒂亞跟母親一模一樣——非常容易想像班奈特太太也曾經沒頭沒腦的調情過——她常常被過度溺愛：從沒被批評、從沒被限制，無論做什麼都備受寵愛、無拘無束。這是過度認同的典型例子：母親渴望透過最小女兒的體驗抓住青春最後的尾巴，只是女兒快樂到不聽話。

還不到十五歲，莉蒂亞已完全不受管教。常常大聲喧嘩、大笑連連、賣弄風騷，從不認真看待任何事——從不好好面對自己的人生。她是一種尷尬，而當她終於做了十分可恥的事，就不僅是尷尬，而是醜聞了。直到小說結尾，她仍然大笑連連，完全只顧自己高興。「我相信姐妹們一定都忌妒我，」她總是這麼說，即使姐妹們可能想要把她淹死，「我只希望她們有我一半好運。」不論她為家人帶來多少痛苦，莉蒂亞始終自我感覺良好，絲毫不覺不安。

沒有痛苦，沒有成長——沒有記憶，沒有痛苦。我們必須看看自己做了什麼，必須感受它，最後，必須好好記住。即使丟完臉，莉蒂亞似乎仍擁有「全世界最快樂的回憶。過去種種，完全沒有痛苦。」為什麼對所做過的事她能問心無愧呢？因為她都假裝那些事從沒發生過。她不是唯一的一個，班奈特一家的整個社交圈也差不多。在他們發現大家都喜歡的一位年輕紳士的可怕真相後，「每一個人都宣布他是世界上最邪惡的年輕人；而且開始發現他們常常懷疑他善良的外表。」奧斯汀告訴我們承認錯誤需要勇氣，記得錯誤需要更大的勇氣。

以更討喜的方式重寫我們的個人歷史是極大的誘惑，我們也都熟悉分手、失敗、犯錯後有過片刻自我認識體驗的人——常常又依然故我。對奧斯汀而言，成熟是拒絕忘記。羞辱，在她看來，是不斷會出現的禮物。「認為過去有如記憶讓你備感愉悅，」伊莉莎白在小說的最後一如以往的諷刺道。事實上，她是對會持續指出她的錯誤讓她保持誠實、提醒她做了什麼的人說的。

伊莉莎白最後終於明白成長的意義，而且認清如果你做對了，成長就永遠不會停止。換句話說，我不僅不可能天生完美，也不可能變得完美。變成成人並未給我自滿的權利。奧斯汀再次提供了一個不要做什麼的完美例子。伊莉莎白的父親是個好人，他依自己的個性挑了一個永遠無法挑戰他的老婆，所以很容易就有優越感。與班奈特太太這樣的女人生活，讓他自滿、道德懶散，他的兒女們因此承受痛苦後果。他應該可以做更多的，例如，讓女兒的財務有保障，當家裡碰到重大危機時，他可以發揮作用。如果我想持續保持成長，奧斯汀告訴我，我必須堅持到底。很幸運的，我有《傲慢與偏見》幫我，而伊莉莎白和她父親沒有。

珍・奧斯汀比英國作家侯思・瓦波力（Horace Walpole）[5]年長一歲，他寫過一句話：「生活對理性的人而言是喜劇，對感性的人而言是悲劇。」這句話簡直是奧斯汀所有小說的標題。每一個人都思考、都感覺，但是奧斯汀的問題是你以何者優先？喜劇是有快樂結局的故事。奧斯汀讓我知道：我可以成長，找到快樂，但是必須放棄某些非常重要的東西。不是放棄感覺，而是放棄我確信感覺總是對的信念。

這點並不容易做到。我們傾向相信情感是事件真相可靠的指標。你聽過許多人說：「我對這件事有好預感」——比方申請大學、買樂透彩券、迎接新的親密關係——結果發現事情未必會因為我們對這些事有好預感而成功？有老交情的人，特別喜歡這類敘述：「我知道你會處理好。」、「我不能想像他們居然不雇用你。」、「我相信所有事情都會順利解決。」真的嗎？你確定？你為什麼這麼確定？只因為碰巧你喜歡我？

在《傲慢與偏見》的開頭，我了解到這正是伊莉莎白的問題所在。她認為她是對的，因為她**覺得**她是對的。達西先生冒犯了她，所以他一定是個糟糕的人。她姐姐珍討人喜愛，

5. 侯思・瓦波力（Horace Walpole，1717-1797），英國作家，作品有以中世紀為背景，充滿罪惡、暴力的《奧托蘭多城堡》（*The Castle of Otranto*）。

所以哪有人不希望達西的朋友娶她？伊莉莎白以為她有思考，其實她只有感覺——憤怒、鍾愛、欲望——而她高超的才智讓她更加受錯覺影響。在受辱而認清自己的許多錯誤後，她才深切了解腦袋與心可能不一致，而當它們不一致時，腦袋應該優先。

這種衝突，奧斯汀表現於她第一本出版的小說《理性與感性》，並且具體化成兩個主要角色。愛麗諾（Elinor Dashwood）充滿理性，她的小妹瑪莉安（Marianne）則充滿感性或感覺。在書的開始，兩個人曾就此有一番非常直接的爭辯。「我害怕，」愛麗諾說，指責瑪莉安沒有女性長輩陪同就跟年輕男人外出，「活動的愉悅通常不會顯示它的貧乏。」換句話說，事實上，覺得某件事不錯，不表示它是對的。「相反的，」瑪莉安回答：「感覺是最強的證據……如果我的作為裡真的有任何不恰當，我應該感受得到，因為做錯的時候我們總是知道。」

我們通常知道自己什麼時候做錯了：如果這是真的，那生活就太簡單了。就兩層意義而言，瑪莉安是浪漫主義者。她相信愛情比其他任何事情重要得多，而且當然比她死板的姐姐想的「恰當」要重要得多。同時，她也是奧斯汀時代橫掃西方的浪漫主義運動的忠實信徒。奧斯汀把運動視為警訊，很明顯的是因為它對於感性和理性之間適宜關係的說法。浪漫主義認為社會及其習俗是限制、矯揉造作、破壞性的，而理性只是眾多習俗中的一種，並非真理的來源。它們認為真理的真正來源是自然（Nature），如果我們只跟隨內在於我們的自然——我們自發的衝動與感覺——就會美好、快樂、自由。浪漫主義者認為如果心在正確的位置，腦在哪裡就沒什麼關係了。瑪莉安的意思就是：我們的情感是道德的指南針，不可能把我們導向錯誤。假如某件事令人愉快，那麼它一定是適宜的。感覺好，就是好。

就文化史而言，奧斯汀打的是一場失敗的戰爭。浪漫主義觀念幾乎是前兩世紀一切偉大藝術的源頭。它給了我們華茲華斯（Wordsworth）[6]、拜倫，惠特曼、梭羅、現代舞、表現主義畫派、敲打詩，還有很多很多。從奧斯汀時代，它就為我們的思考、感覺方式設定名詞，尤其是為我們關於思考和感覺的思考、感覺方式。現代音樂中最重要的字不是「愛」，而是「我」。次要的字是「想要」。流行音樂大聲咆哮著欲望，狂吼著自由與滿足。大眾心理學傳達相同的訊息，廣告也一樣。我們不斷被告知：「相信你的感覺。」、「聽聽你的心聲。」、「感覺對了，就做。」

在生活的某些層面而言，這些可能是要學習的正確課程。而且一定是針對我。我成長於傳統的猶太社區：有很多的限制、很多的規矩。不要吃豬肉，不要在安息日演奏音樂，不要

6. 威廉・華茲華斯（William Wordsworth，1770-1850），英國浪漫派詩人，頌揚自然之美，和大自然的的一切。

和非猶太裔女孩外出。不要偏離團體的區域。每個行動都受制於古老的傳統，每個選擇都由組織嚴密的團體價值所決定。頭要戴帽子，每天祈禱三次。努力贏得好成績，考上好大學，榮耀父母。了解我的感覺的重要性——學習了解在第一時間時，我的感覺是什麼——在我逐漸老成時，讓我得以自由。我必須了解我想過什麼樣的生活就可以過什麼樣的生活，而且**只因為我想這麼做**。接受我的感情是確切、重要，有深厚道德意義的——它們應該與我如何行動有關——在成長歷程中，是非常關鍵的部分。

奧斯汀的有些女主角也必須學習這個功課。她們缺乏經驗，也需要發現她們的感覺，否則就會被忽略而得加以維護。但是伊莉莎白、艾瑪和瑪莉安已經了解如何處理這些事。她們相信自己的直覺，聽心說話，感覺良好就做。跟許多年輕人一樣，她們的問題是太相信自己的感覺。她們獲得了青春期的相對自治權——學習信任自己——然而她們採取了下一步，進入了成人的完全自治。她們必須去學習懷疑自己。

而這就是伊莉莎白最後所做的。發生於她讀了顛覆她信念的那封信時——這也是她必須讀兩遍的理由。信裡的論點——令人氣憤的合理論點——在她眾多的感覺面前飛過，這是她的感覺第一次反抗。但是第二次讀信時，她的誠實迫使她傾聽——迫使她去**思考**。我明白奧斯汀藉由伊莉莎白的故事，呼喚我們做非常困難，違反我們本性、直覺的某些事。事情當然困難。她很明確的告訴我們，要質疑我們的本能、直覺。要我們推翻駐留於我們內在、驅使我們為所欲為的感情，並且代之以理性——邏輯、證據、客觀性——這些都外在於我們，與我們的欲望無關。

學習這個功課是奇特的解放。我現在必須承認，只因為我認為別人對我做了什麼，並不表示我對了。我或許被他們所說的某件事觸怒了，但是我可能誤會了他們。我可能因為他們醜化我而憤怒，但是事情可能是我起的頭。感覺通常是**關於**某件事，而「某件事」本身並不是感覺。它是一種想法、對某種狀況的感受，就像伊莉莎白的感覺是以她對某種情況的感受為基礎。每一個人都看得出來珍愛賓利；伊莉莎白的家人並不全都那麼糟；達西先生傲慢到令人受不了：這些都是她賴以為根據的感受、想法，後來都變成了錯誤。由於想法可能會錯，所以以它為本的情感也可能產生差錯。因此當我的感覺**不**合理——不正確時，我有一個放掉感覺的方法。我可以承認我的情感，不過用不著被它牽著走。

不用說，不是所有人都想聽到他們的感覺不一定正確的說法。事實上，有許多人就為了這個理由討厭珍・奧斯汀，認為她冷酷、拘謹，好為人師，愛潑冷水。念研究所時，我們為了贊成或反對珍・奧斯汀，分成兩派——而且情緒高漲。在某個期間，我們都被要求教一堂包括一本十九世紀小說的課。現在，偉大的十九世紀小說多不勝數，但是我們幾乎只在《傲慢與偏見》、《簡愛》中二選一。這似乎是一件小事，不過感覺偉大的作品已岌岌可危（它們在研究所始終存在）。這不僅是教學上的選擇，而是命運的聲明、它本身的宣告，因為這兩本書是兩種相反生活觀點最極致表述的代表。

在《傲慢與偏見》裡，理性戰勝了感覺與意志。在《簡愛》裡，夏綠蒂・勃朗特（Charlotte Brontë）[7]擁有典型成熟的浪漫故事，感情和自我克服了一切艱困阻撓。選擇《傲慢與偏見》的人無法想像別人怎麼讀得下幼稚、矯揉造作的《簡愛》。選擇《簡愛》的人無法相信哪有老師會要學生念保守乏味的《傲慢與偏見》。我們的選擇，當然反映了我們的人格特質。我們奧斯汀派的人覺得勃朗特派的人傾向追求個人的戲劇性、理想極端主義。而我們自認為自己是冷嘲熱諷的一群人。

勃朗特在她給朋友的一封信裡，明確表達對傑出前輩的控訴、抗議：

7. 夏綠蒂・勃朗特（Charlotte Brontë，1816-1855），英國小說家及詩人，為勃朗特三姐妹的大姐，最家喻戶曉的作品為《簡愛》（*Jane Eyre*）。

她打定主意好奇地描述彬彬有禮英國人的表面生活；她以冷淡觸怒她的讀者，以膚淺攪亂他們：她完全不知道熱情是什麼；她甚至拒絕與激烈的婦女團體對話認識，甚至排斥她允許的偶爾的優雅、有距離致意的感覺。她所描述的人心不及人的眼睛、嘴巴、手、足的一半；她應該學習敏銳觀察、說話得宜、靈活往來，然而背後隱藏的迅速飽滿的悸動、脈動，是珍・奧斯汀小姐所忽略的。

但是奧斯汀並未忽略感覺——伊莉莎白和她的故事都充滿了感覺——而且她當然知道所謂的熱情。莉蒂亞一無是處**光**有熱情，伊莉莎白則被她的分享搞得七上八下。「我的行為多麼卑鄙啊！」不是缺少熱情的人說得出來的話。奧斯汀重視感覺與熱情，她只是不認為我們應該崇拜著迷。

然而，勃朗特派的人是以更深的理由反對這位較年長的作家，一個連勃朗特本人也無法了解的理由。宣稱理性應該控制感情，是公然挑戰理性、感情無法在原點開解的現代教條。近百年來，佛洛伊德及其他人使我們認為客觀性是幻想，我們的理性結論僅僅是隱性衝動的呈現或利己主義的場面話——尤其是當理性結論與我們的行為、判斷相關時，而這些都是珍・奧斯汀小說的主題。

但是，奧斯汀並不如此認為。在改變伊莉莎白所有看法的那封信裡，達西說到珍似乎毫不在意賓利的目光：「我想認定她不在意是確定的——但我要大膽說我的觀察與決定通常不受我的希望或恐懼所影響。我並未因為私心希望她無動於衷，而認為她無動於衷——我的看法來自於公正的信念。」前半句自鳴得意的調調令人厭惡，後半句聽起來不太可能，然而奧斯汀要我們一概接受。「公正的信念」——超越有限觀點的思考能力——在她而言是真實可能的人性，寫這封信的達西就具有這種能力。對伊莉莎白而言，成長也意味學習具有這種能力。

藉由犯錯、承認過錯，測試她違反邏輯的衝動，《傲慢與偏見》的女主角學到了最重要的功課。她學到了自己不是宇宙的中心。就她的創造者而言，成長是指由外在觀察自己，看到自己是非常有限的人。這是奧斯汀的救贖觀點，一如受到羞辱的時刻——真相曝光時的痛苦場面——是奧斯汀的恩寵觀點。

亞里斯多德時代，大家對喜劇、悲劇就多所了解，《傲慢與偏見》以雙劇為主軸發展：認識與逆轉。女主角觀察到了某些事情——關於她自己，關於她的行為——以及她幸運的改變。但是奧斯汀也以非常深刻的方式變化傳統形式。在傳統的喜劇情節中，一對年輕戀人由於某些外在的阻礙，某些代表了老年、年輕永恆對立的「阻礙形式」：占有欲強的父親、善妒的老公、過時的法律和習俗、充滿壓力的社會而分開了。奧斯汀作了一個大翻轉，把阻礙放在內心。現在，我們自己變成自找麻煩的阻礙形式。**我們**就是阻礙了自己快樂的人。而伊莉莎白一旦想要快樂，任何關於成長的想法都不重要。對奧斯汀來說，理性是解放，成長是最真實的自由。

這對我也一樣。那年早秋，經過一個夏天彷彿槍抵著頭的苦讀，及最後一晚的失眠恐慌後，我在測驗室面對口試，兩小時後通過了資格考。之後，其中一位蓋伯教授（Clark Gable），以抽菸般的聲音問我是否計劃開始我的博士論文。

「我覺得我需要輕鬆一下，」我說。

「好主意，」他回答。「你應該讓你的腦袋休息。」

「休息？」我說。「應該是拜倒吧。」

然而事實是，我的確有一個計畫。在以我的方式讀過珍・奧斯汀的成長故事後，我確定自己作一些成長的時間到了。我再也無法待在十七歲開始就跟不同室友同住的附近舊公寓了。最重要的是，我無法再生活在父親的陰影下。很多朋友早就搬到鬧區或布魯克林區去了，我決定加入他們。我要找到自己的地方，弄一些真正的家具，並且最後學習如何獨立生活。

隔天，父親就和我吃午餐——這次在教職員俱樂部，順便慶祝。當我們吃烤鮭魚時，我告訴他考試的事，但當我解釋接下來的計畫時，心情變得不太好，他一點也不喜歡。「這可會花你很多錢！」他警告說。這句話並非全對。我得多花一些錢，但不是很多錢。何況，他的回答是想讓我在大學宿舍裡找到較好的住處——再一次急著解決這個問題，或者他認為會變成問題——這一樣很花錢。

不管怎樣，錢都不是重點。他感覺到了，雖然他不能說真正的重點是什麼。搬離附近，就是遠離他，而那正是他盡量想阻止的。布魯克林？布魯克林是什麼？布魯克林是他戰前來

美時居住的地方。那是你想脫離，而非你要回歸的地方。要不然為什麼每個人都想搬離那兒？

然而，我知道為什麼。搬去布魯克林可能變成莫大的錯誤，果真如此，那也是我自己要犯的錯誤。我厭倦於被當作小孩看待，厭倦恐懼：恐懼失敗，恐懼因為失敗讓他失望。我受夠了老舊的批評與挑戰、保護與反抗戲碼。我準備好面對新生活了。就像伊莉莎白・班奈特一樣，我發現了我的自由。

第三章

諾桑覺寺

northanger abbey: learning to learn

學習如何學習

從一開始，我對珍・奧斯汀的敬愛，與引領我遇見她的教授的敬愛交錯在一起。他教我《艾瑪》小說課程，指導我通過口試。現在，他又要指導我進行不可思議的任務——博士論文。

然而，他先完成了一項不可能的任務——幫忙我找到又好又便宜的紐約公寓。我曾經拖著行李繞行城市好幾個禮拜，尋覓安身之所——在陰暗的仲介辦公室填資料；詢問沒有電梯的五層樓公寓的廣告；探訪過公寓裡滿有質感的房間、考慮要不要成為第四位分租室友；查看過浴缸在廚房、廚房在客廳、客廳散發樓下中國市場腐魚濃烈臭味的房子——正好那時教授提到隔壁鄰居在找人分租她的一層高級住宅。

這棟豪宅跟我一直在尋找的棲身之所有天壤之別，而且她提出的租金遠低於市場行情，簡直划算得不得了，所以儘管指導教授就在隔壁，我也顧不了那麼多了。我還是有過一陣小小的痛苦的。簽租約後幾天，我和一些朋友抽大麻，有片刻，陷入恍恍惚惚的清醒。**喔，我的天啊！我在想。我要搬到教授家隔壁！還有其他更明顯的方式可以告訴全世界——尤其是我的教授——我把他當成父親的代替者嗎？**事情不是很諷刺嗎，我為了自由離開一個父親，又為了奔向另一個父親，失去自由。我呆坐著，失望的感覺油然而生。但是即使處於這種窘況，某種東西告訴我要鎮定、保持原有的直覺。我有太多東西要跟這個人學，現在不能離開他。

他是我所見過最年輕的老人。在我上他的課之前，他已經老到可以退休了，但他仍比所裡的其他人都要強健。他建議許多研究生針對廣泛的主題授課（十九世紀的小說、浪漫詩、美國原住民文學、兒童文學、科幻小說、偉大經典等等），幫忙經營八本專業雜誌，大約每三年出版一本新書，甚至接更多額外的課——這真是聞所未聞，也是他極度熱愛教職的證明。在他家過夜的一位訪客——一位醫學院學生——曾告訴我她聽到他匆匆下樓，這是他一早起來的第一件事，在她還沒下床前，他就以跑步開始一天的工作。

但是他不只精神充沛。他跟年輕人一樣能以嶄新的眼光觀察世界。他前額覆蓋著白髮，靈光乍現時，臉上所有的線條都會立起來。他常常想聽你要說什麼，不管你試圖說時有多猶豫，因為他從不錯過任何一個學習新東西的機會。

我花了一些時間釐清這一切。其實，一開始我還懷疑上他的課是不是錯了。第一天，他手臂夾著好幾本書匆匆走進教室時，那情形就是一個鬍子白白的小老頭，態度看似奇怪唐突，幾乎是神經兮兮的，眼神瘋狂，咯咯竊笑，好像兀自享受著不打算跟我們分享的秘密玩笑。如果不是頭腦簡單，至少可以說他行為反常，而且這種印象並未因他接下來問的問題而消除。這些問題簡單到荒謬——無聊、具體，幾近愚蠢，問大學新鮮人都太淺顯了，何況是研究生。

但是，當我們試著回答時，卻發覺問題一點也不簡單。它們相當深奧，因為都是關於我們一向視為理所當然的所有事情——關於小說、語言、閱讀。比方，認同文學作品中的人物是什麼意思？我認為我知道，但是我真的知道嗎？它只是指你設身處地站在人物的立場嗎？顯然不是。或者贊成他們的所作所為？但是，我們樂於認同壞蛋角色，給予直接的鼓勵。不，我所能想到的最好答案是，這似乎是一種中間狀態——就某種程度而言，你同時是他們又不是他們——很難用文字精確形容。這根本算不上是答案。

又有一次，他注意到《包法利夫人》（*Madame Bovary*）[1]有一半書名從來沒有人翻譯成英文。什麼？他說這書名——為什麼是這樣？真的很沒禮貌，幾乎讓我生氣，非常粗魯。你甚至曾被允許過問類似的問題嗎？此外，你**會**怎麼翻譯它呢？包法利夫人（Lady Bovary）？但是她不是貴族。包法利太太（Mrs. Bovary）？又太直白了。答案**是**似乎沒有與"Madame"相稱的英文字，即使"Madam"（女士）也不恰當，其中代表的意義比我想了解的兩種文化差異、我完整理解這部小說的能力還要深。

在約半小時內，我開始明白這位小老頭要做什麼，而且明白自己從來沒碰過這種事。他在剷除我們腦袋的油漆。他向我們顯示一切事物都有待質疑，尤其是我們自以為已經知道的事。他教我們以好奇心、人性，而不要以我們努力培養的專業確定性面對世界。為了回答他的問題，我們必須忘掉一切，再次從頭開始。「回答是容易的，」他後來說：「街上的任何一個笨蛋都可以給你答案，訣竅在於問對問題。」

當我看見一件好事，就知道了一件好事。我選修了第二堂課——浪漫詩課，辦公時間也變得固定。能坐在他辦公桌旁、跟他一對一說話，好像是莫大的榮幸。他從不曾讓我們覺得低他一等，雖然我們不及他。他有一種惡作劇式的笑容，也會耍詐。（當我發現他也研究印

譯註

1.《包法利夫人》（*Madame Bovary*），法國作家福樓拜（Gustave Flaubert，1821-1880）的長篇小說代表作。

第安文學，我確定他必定是偷渡外國人入境的歹徒、騙子，但是我們都傾向神話他。一位印第安朋友視他為大象神Ganesh，能掃除所有障礙）如果你說法模糊或不夠完整具體，他會假裝誤解你，好像自己有些愚蠢的樣子，然後以子之矛攻子之盾問你究竟是什麼意思，你最好弄清楚一開始時到底想說什麼。我發現自己曾經後退走出他的辦公室，好像自己面對的是皇親國戚一般。

一旦我開始自我教育，我最剴切的願望，就是希望跟教授一樣，對學生也有同等的影響力。研究所三年級開始，課程要求我們要教新生英文三年。這挑戰讓我非常興奮；我一直想成為老師，碰到教授後，我的嚮往比以往更殷切，巴不得馬上就走進教室，站上講台。然而當我真的開始當老師了，夢想很快就破滅。我一定是哪裡做錯了，但是我搞不清楚。我會煞費苦心設計一長串問題，以引導學生領會我認為他們需要掌握的觀念，但是他們從來不按照我的安排給我想要的答案，於是整個過程搞得像無聊的猜謎遊戲。

學生不接受我的教導，反而雙臂交叉靠在椅背上、以年輕人懷疑的眼光瞪著我。教室裡的氣氛變得很低沉、很糟糕。時間都要凍結了。大約十分鐘吧，我心思的一小片離開了、漂浮到天花板，看著我在剩下的課堂時間裡佇立揮動。感覺很像許多夢境中的一個，你站在舞台上，卻發現自己忘了背台詞。我會心懷愧疚匆忙離開，像是逃犯，或者離開教室時試圖霸住一個學生，以延緩最後一分鐘。但是，每個學生都巴不得早點逃離教室。

至於他們的寫作課——我協助他們改善寫作能力——他們一週交兩篇短文，我得花好幾小時圈圈改改，宛如復仇天使撲向每一個虛辭修飾語、錯置的標點符號。不管教室裡發生多糟的事，我怪怪的邏輯認為這是我能為學生做的一件事。之後他們會繳交下一份報告，所有相同的錯誤依然重複。我真想好好揍自己一頓。他們不是應該已經知道錯在哪裡了嗎？為什麼不更努力一些？他們不感激我為他們做的一切嗎？我想責備他們，然而暗地裡我知道自己並非我想成為的老師，跟我的教授更完全不像。我開始懷疑投身學院的強烈渴望是否根本是個可怕的錯誤。

在這種情況下，我非常樂於回到我的其他工作。不用說，我論文的第一章是關於珍・奧斯汀，我打算開始回頭重看所有她的小說，這次要遵循時間的順序。也就是說從簡短輕薄的《諾桑覺寺》開始看，第一次看時，它的青春活力頗為令我愉悅，而沒多留意到其他東西。

故事的主角凱瑟琳・莫蘭（Catherine Morland）只有十七歲——是奧斯汀眾多年輕女主角之一，而且鐵定是最天真的。其實，她可能是小說家嘲弄自己的自畫像。如果伊莉莎白・班奈特是小姐的奧斯汀，凱瑟琳就是少女奧斯汀。兩人都是寧靜鄉村牧師的女兒，都來自大家庭——奧斯汀家有八個孩子，凱瑟琳家有十個——而且都有幾個年長的哥哥。凱瑟琳十歲時，跟男生一樣頑皮：「此外，她很吵鬧、粗野，討厭限制與乾淨整齊，最愛從屋後的綠草斜坡滾下去」——奧斯汀家的屋後也有一模一樣的斜坡。

十四歲時，凱瑟琳更喜歡「板球、棒球」——是的，棒球，而且想像小珍・奧斯汀擔任游擊手多麼奇妙——「騎馬、在鄉下跑來跑去」、看書。或者，至少看正經的書。凱瑟琳喜歡看小說，討厭念歷史——就像她的創造者，差不多同年紀時創作了諷刺的〈英格蘭歷史〉（「由偏執、有成見、無知的歷史學家撰寫」）。

然而十五歲時，凱瑟琳「長得越來越正」，開始留捲髮、常跳舞、讀情詩，穿美麗的衣服。她外表漂亮多了，十七歲就成為迷人的女孩。但是有個缺憾：她居住的小小鄉下附近，沒有年輕人能引起她的興趣。終於，她的時機來了，她有個機會去英格蘭最時尚的旅遊勝地巴斯（Bath）度假，這個城市充滿劇院、舞會，購物、流言蜚語，豪門宅邸及美麗的景觀，是一個觀賞與被觀賞的地方，也是奧斯汀家族喜愛的度假地點。一如奧斯汀家人常與珍富裕的舅舅、舅媽一起度假、泡溫泉治痛風，凱瑟琳也因為同樣的原因陪伴富裕的鄰居艾倫家赴巴斯。

凱瑟琳在巴斯碰到了兩對兄弟姐妹檔，他們都想以非常不一樣的方式控制她、教導她關於人生的道理。一邊是愛慕虛榮、精明機伶的約翰（John）和伊莎貝拉・索普（Isabella Thorpe），灌輸凱瑟琳一堆錯誤的想法。約翰是個膚淺的長舌男，奧斯汀時代的人稱呼這種人為「喋喋不休的人」（rattle）：

我瞧不起英格蘭任何讓我的馬一個小時奔馳少於十英哩的男人……莫蘭小姐；請好好看一下我的馬；你平常看過這種為速度而生的動物嗎？……真是血脈噴張！……看看牠的前身，看看牠的腰部，看看牠怎麼動作，這匹馬時速一小時不可能低於十英哩：即使綁住牠的腿，牠也會前進。

約翰顯然是個騙徒，凱瑟琳則非常稚嫩，約翰眼裡只有自己——她聽他嘮叨「年輕女生在意禮貌與服從，害怕對有自信的人提出反對意見。」——她不由自主的上了他的當。

總之，約翰根本比不上伊莎貝拉。他僅僅是傻，而她是自私、虛偽及奸詐狡猾。（「這是我特別喜愛的地方」，當她們坐在門口之間的長椅時，她這麼說，這個位置可以控制寬廣的視野，每個人不管從哪個門進入都看得到，「又很僻靜」。）

伊莎貝拉比凱瑟琳大四歲，把她當作學生，指導她調情、撒謊、戲弄的所有偽善技巧。她為了約翰的利益操弄新朋友，盡其所能把凱瑟琳推向她弟弟的懷抱。當約翰單獨邀約凱瑟琳搭馬車出遊時，這在當時是很不恰當的，伊莎貝拉就在旁唱和暗示喊道：「『那將會多麼愉快啊！』『親愛的凱瑟琳，我真忌妒妳；弟弟啊，你大概不會讓其他人跟吧。』」

伊莎貝拉對她年輕朋友的某些最糟影響，來自於她介紹的書。《諾桑覺寺》一書是對奧斯汀時代流行的驚悚傳奇小說（Gothic Fiction）的諷刺——與她青少年期的隨筆中極力想擺脫的東西完全一樣。這些書名誇張拙劣，比方《神秘的烏多夫》（*The Mysteries of Udolpho*）[2]或《奧托蘭多城堡》（*The Castle of Otranto*），《諾桑覺寺》也差不多是這類書。奧斯汀自己一定曾經墮落、罪惡感式愉悅的喜愛過這類書。如果她沒有看過一堆這類

2.《神秘的烏多夫》（*The Mysteries of Udolpho*），安・萊德克利夫（Ann Radcliff）1794年著。

書，她不可能寫出精采的諷刺文章——誰都不可能繼續讀自己不屑的書。好玩的是，凱瑟琳相信她所看的書。伊莎貝拉矯揉造作的行為，兩個女孩一起讀邪惡貴族、鬧鬼古堡的誇張故事——凱瑟琳天真到信以為真——都給了女主角錯誤的世界觀。

然而，影響凱瑟琳的，不僅是索普姐弟。她的整個環境——虛偽的禮儀、虛假的感情、空泛的社會規矩——都誤導了她。他們抵達巴斯的那個晚上，艾倫太太帶著未成年的凱瑟琳參加舞會，由於沒有碰到認識的人，凱瑟琳被迫落單：

「真是渾身不自在啊，」凱瑟琳低聲說：「這裡沒半個認識的人！」
「是啊，親愛的，」艾倫太太十分平靜的回答：「的確非常不自在。」

詹姆士（James），凱瑟琳的哥哥，約翰・索普大學就認識的朋友，來到巴斯時聽妹妹滔滔不絕的說起對伊莎貝拉印象深刻。「我很高興聽到你這麼說，」他回答，他跟凱瑟琳一樣徹底被伊莎貝拉欺騙了，「她正是我希望妳多多接觸的那種年輕女生，眼光好，非常純真、友善。」凱瑟琳似乎還沒有機會和她成為好友，就開始不求甚解的模仿周圍的人。艾倫先生來接他太太，為那令人失望的第一晚善後：

「嗯，莫蘭小姐，」他率直地說：「希望妳的舞會很愉快。」

「的確非常愉快，」她回答，徒勞無功的努力掩飾一個掩飾不了的大哈欠。

很幸運的，凱瑟琳和另一對兄妹檔亨利（Henry）、艾莉諾‧提尼（Eleanor Tilney）也不錯。亨利，喜歡伊莎貝拉‧索普，也年長女主角好幾歲，想以完全不同的另一種方式教導她。他聰明而活躍，也很詭譎、愚蠢，因此凱瑟琳一開始不知道怎麼了解他。底下是他們共舞片刻之後的最初對話：

「我到現在都還是很疏忽，小姐，沒有留意妳在此，我還沒問妳在巴斯多久了？妳以前來過嗎？妳去過閣樓（Upper Rooms）、劇院、音樂廳沒？妳喜歡這些地方嗎？我一直都很粗心——但是妳現在有空一一回答我了嗎？如果可以，我就直接開始了。」

「你不用這麼麻煩，先生。」

「不麻煩，我向妳保證，小姐。」接著，他露出微笑表情，做作地放柔聲音，再加上傻笑的神態說：「妳在巴斯很久了嗎，小姐？」

「大約一個禮拜，先生，」凱瑟琳忍住笑意回答。

「真的嗎！」他故作驚訝的說。

「你為什麼這麼驚訝，先生？」

「是啊，為什麼！」他說，聲音正常而自然。「但是有些情感必須藉由妳的回答而提升，驚訝較容易設想，也比其他情緒合理。現在，我們繼續吧……。」

不像伊莎貝拉或艾倫太太訓練凱瑟琳遵循社會的生活習慣——訓練她的無意識，無意識地跟隨她們——亨利試圖證明她們有多荒謬以喚醒她。但他不是用教訓的方式提醒，他是用刺激她、使她驚訝、讓她發笑、使她失去平衡、逼她想想發生了什麼事，以及意義何在等方式喚醒她——激發她去思考，而不是告訴她怎麼做。

幾天過後，這兩個人又一起跳舞。約翰．索普閒來無事地看到了整個過程，漫步向凱瑟琳，閒聊幾分鐘跟馬有關的話題吸引她的注意（奧斯汀時代，男女跳舞會分開又聚合），而當亨利重新歸位，他提出以下抗議：

「我把鄉村舞蹈視為婚姻的象徵。忠誠與順從是兩者的主要職責；凡是不想跳舞或結婚的人，就不要跟鄰居的舞伴或妻子有什麼牽扯。」

「但是它們是完全不同的兩件事！」

「——妳認為這兩件事不能相提並論？」

「當然不行。已婚的人不能分開，必須一起持家。而跳舞的男女只是在長形空間裡面對面站半小時。」……

「就某一方面而言，當然不同。在婚姻中，男人被認為是女人的靠山，女人則為男人打理舒適的家……而在跳舞中，他們的職責完全改變；當她提供扇子和薰衣草香水，他就提供一致、順從。我想，這就是妳所謂的無法比較吧。」

「說實在，我沒這樣想過。」

「那我就無從了解了。」

現在，亨利從不同的方向、以不同的理由接近凱瑟琳。他運用的仍然是幽默，但是是一種矛盾的幽默，而非模仿，同時他不是以質問社會傳統刺激凱瑟琳，而是請她檢視她的心智，重新思考她的各種想法。婚姻是一件事，跳舞是一件事，但是它們真的不一樣嗎？一樣也不一樣——而亨利挑戰她到底哪裡一樣或不一樣。更早的場景是一種表演：他模仿，她笑。現在這個是對話。現在他激她說話，然後假裝誤解她，甚至讓自己看起來像個笨蛋，以逼她反擊表態，藉此推測她原先的真正想法。

此時，我才了解自己一直以來專注的是什麼，身為老師我做錯了什麼。狡猾、戲謔、諷刺，為了讓某人思考而裝傻——有些奇怪、有些魯莽，但常常有助於暢所欲言，亨利•提尼就是這樣，我的教授也是。我的教授之所以成為偉大的老師，並不是因為他才華橫溢或博覽群書，雖然他的確如此；而是因為他逼我們為自己思索，同時誘導我們重新思考我們的假設，一如亨利之於凱瑟琳：你對一本文學作品會持什麼看法的所有傳統習慣；我們理解小說、人物、語言的所有心智範疇。

畢竟，我們都是凱瑟琳，我們這些研究生跨入不確定的新生活階段。我們實在被賦予太多的信任。凱瑟琳至少知道自己天真，雖然她不了解自己有多天真。

我們都是索普，為了面對令人畏懼、不安的新世界，年紀輕輕的我們假裝博學多聞，而且彼此競相比較。我的教授就相反了，他假裝沒什麼學問，拒絕扮演智者或聖人的角色。或者，他**知道**自己知道的比實際少，是因為他認為所知道的一切事情——他所有的假設與觀念——都要不斷接受再評估。

他用問問題的方式教學，我也是，然而直到現在我才明白我們的問題截然不同。我的問題其實只是答案的偽裝，好像我在主持殘酷的**電視益智遊戲節目**！我不是老師，而是惡霸。我的**學生們**是凱瑟琳們，來到大學這個奇妙世界，以新視野、各種可能性奔忙活躍，就像凱瑟琳張大雙眼，天真地來到巴斯。不過我不是亨利，我是伊莎貝拉。我沒有幫忙他們，而是操控他們——我這麼做的理由是為了滿足自己的自我，我非常不願意承認。我**是**在告訴他們要想什麼，雖然我也試圖讓他們先說——亦即把話放進他們嘴巴中——我假裝沒有這麼做。我設法把他們變成了小版本的我，而不是更優版本的他們。

當我的教授問問題時，他並不是要我們找到或猜測「特定」的答案，而是因為他自己還沒想出答案，想聽聽我們會說什麼。因此，亨利所謂的「跳舞和婚姻一樣」其實沒有重點、具體教訓或訊息。他只是想改變凱瑟琳的想法，好讓彼此的談話生動有趣——甚至比「是的，親愛的，的確非常不自在，」或「這是我特別喜愛的地方；又很僻靜」或「我蔑視英格蘭任何一個讓我的馬一小時奔馳十英哩以下的男人。」等對話更有激勵性，是一種讓亨利與凱瑟琳都有機會學習到某些東西的談話，藉此，真實的心靈、感情的連結，才可能在兩人之間產生。

我的教授就像亨利，當然，我很快就理解，他們兩個有如亨利的創造者。愛玩弄、惡作劇、挑釁是奧斯汀的本性，在《諾桑覺寺》裡最明顯。奧斯汀利用小說把我們變成**她的**學生。亨利是她的代理人，凱瑟琳是我們的代理人，她教導的方式，就跟他一樣。事實上，她有一部分是透過他進行教導。所有他跟凱瑟琳說的事，也是她要跟我們說的。當亨利揶揄禮貌的饒舌大會，我們無可避免聯想到我們無意義的聊天。當他重新整理了凱瑟琳的心智範疇，我們遲鈍的想法才開始醒來、波動。

但是，她所做的遠超過這些。在第一個場景，亨利透過扮演教導。他假裝扮演某個人——臉帶微笑、聲音柔和、傻笑的神態——並且持續扮演，好向他的觀眾凱瑟琳顯示他們的愚蠢。奧斯汀並未假裝扮演某個人，但是她一定有扮演某些人物。「是的，親愛的」、「這是我特別喜愛的地方」、「我蔑視英格蘭任何一個男人」：這些話等同於亨利說的「小姐，妳在巴斯很久了？」——諷刺的表現意味著讓我們的注意力放在我們平常視為理所當然的行為上。奧斯汀和亨利一樣，透過呈現教導——也就是透過激發喚醒。藉由把某種東西放在我們面前，期望我們思考它。

她寫小說而非散文，跟其他作者大相逕庭的是，她拒絕在小說中加散文破壞小說。她從不訓話、從不解釋：從不中斷故事，高談闊論她希望我們思考的故事意義，或發表她對於世界狀況的意見。她也從不竄改她的人物角色，讓他們表達她的想法。在寫信給姐姐卡珊德拉談及《傲慢與偏見》的出版時，她約略說到了寫作的哲學，她反諷式的行文中，談的通常是嚴肅的事。「這本書太輕太鮮明太炫了，」她現在公開評價這本小說，「——它可以這裡、那裡地延伸成長篇大論——可能有意思，可能是廢話——與小說故事不相干；可能論寫作，可能批評華特・史考特或說說拿破崙的歷史。」作者自豪的喋喋不休中，可以瞥見少許小說家的墮落習性。

奧斯汀不愛說教，也不喜歡教訓人。在《傲慢與偏見》裡，瑪麗・班奈特喜歡引經據典，柯林斯先生喜歡大聲朗誦，這兩位都讓我們備感痴呆。亨利從不「告訴」凱瑟琳任何事情，除了有一回，奧斯汀也溫和的笑話他。他與凱瑟琳以及他妹妹艾莉諾（艾莉諾和凱瑟琳也是朋友），散步至山頂鳥瞰巴斯城。提尼兄妹「以繪畫者的眼光觀賞鄉村，」迅速確定「適合畫成圖畫。」奧斯汀在此提到了當代流行的「風景畫風」，符合某種視覺美感觀念的風景畫：昏沉不定的天空、粗糙多節的樹、毀壞的小木屋等等，所有的設計安排都依照繪畫藝術。但是凱瑟琳對此一無所知，所以亨利樂得繼續灌輸她：

她承認並且悲歎自己缺乏知識，宣稱願意付出一切學會畫畫；於是關於圖畫的長篇大論接踵而來，他的說明非常清晰，她很快就開始觀察他欣賞的所有事物中的美，她專心聽講非常誠摯，他十分滿意她的天生好品味。他談了前景、遠景、次遠景——旁景、透視法——光線及陰影；凱瑟琳非常有希望成為好學生，當他們抵達貝琴懸崖（Beechen Cliff）頂時，她主動表示巴斯城不宜畫入風景畫內。

事實上，從她的家人我們可以知道，奧斯汀本身是了不起的圖畫藝術愛好者，一如她喜愛驚悚傳奇小說。但是她了解任何藝術或觀念或行為模式，未經檢驗就會落入陳腔濫調。一旦你開始太嚴肅看待，你也會太嚴以待己，而在你發覺之前，你就很像柯林斯先生了，「教訓」和「指示」將取代歡笑與驚奇。於是，你學生的心智因接受你的啟蒙指導而增進——「她主動表示巴斯城不宜畫入風景畫內」——開始胡說八道。

現在，我明白小說為什麼必須開始得如此奇怪。「了解凱瑟琳・莫蘭幼年的人，」這是第一句，「都不會認為她天生是女主角。」整句是對驚悚傳奇小說手法的戲謔，第一章的其餘文句都在詳盡敘述這個主題。凱瑟琳的父親「不喜歡把女兒關在家裡，」「他們熟悉的親友，沒有一家養過一個偶然在家門口發現的男嬰，」等等都很明顯。然而，現在我了解到第一句也是引人注意的方法，讓大家注意到這本小說也必須在傳統中經營的事實。一個女主角一段愛情，一位錯誤先生一位白馬王子，危險與誤解，衝突與錯綜複雜的糾葛，真相大白與逆轉，以及最後快樂的結局：這些都是奧斯汀運用於她每一本小說的手法，不可或缺，一如偵探小說作者不能沒有屍體殘骸。但是她也不希望我們被她的手法所吞沒，不願意我們像一般讀者一樣落入虛假沉迷的狀態，誤以為人為的現實轉化為真實的世界。保持清醒，奧斯汀告訴我們。別把一切事情視為理所當然，即使是我告訴你的。

＊　＊　＊

換句話說，要留心。尤其要留心你自己的感覺，因為這世界常常試圖誘使你欺騙自己。「『的確是如此，』她回答，徒勞無功的努力掩飾一個好大的哈欠。」奧斯汀曾說過，我們的感覺有時候很無禮，而且常常讓周遭的人很為難。親友們為了讓他們的生活更容易或更有趣，喜歡告訴我們我們**應該**感覺到什麼——我們被認為**感覺**到什麼。以下是伊莎貝拉跟凱瑟琳談亨利的情形，那時凱瑟琳只見過亨利一次：

「不，我不能怪妳……我很清楚，如果心有所屬，就會對別人的示意無動於衷。凡是和傾慕對象無關的一切，都很無聊！我可以完全了解妳的感受。」

「但是妳不應該說我的心裡只有提尼先生，因為我可能再也見不到他了。」

「再也見不到他！親愛的，別這麼說。如果妳這麼想一定會很難過！」

記住，伊莎貝拉是介紹所有浪漫小說給女主角的人。她希望朋友的生活（換句話說，她是朋友生活的代理人）充滿書中描述的奢侈感情，即使結果讓凱瑟琳不快樂——或者，它們真的讓她鬱鬱寡歡。

然而，亨利的表現完全出乎意料。小說後面有一個場景，奧斯汀提出了與此相合的觀點，亨利與凱瑟琳主導了關於伊莎貝拉的相同對話。這時，伊莎貝拉已露出了她狡詐的狐狸尾巴真貌，兩個女生的友誼終於破裂：

「我想，失去伊莎貝拉，妳也失去了半個自己：心靈感受到無法彌補的空虛……覺得再也沒有可以說知心話，可以依賴、商量，有困難時可以伸出援手的朋友。是吧？」

「不，」凱瑟琳想了一下說：「我沒有，我應該有嗎？說實話，雖然我受到傷害，也很難過，我不可能還喜歡她，也不會再收到她的信，也許以後永遠也不會見到她了，但是我並不像你們想像的那麼痛苦。」

亨利被牽扯進了伊莎貝拉感情的陳腔濫調池子裡——裡面有關於友誼、愛情的陳腔濫調，不管在生活或藝術中，一如今天（亦敵亦友，兄弟情誼、永遠的好朋友）。他沒有告訴凱瑟琳她必定曾經感覺過什麼，而僅僅請她留心她真正的感覺是什麼。在小說中，由於他的協助，她真的學會了。

「妳像平常一樣的去感覺，」他現在回答，「這是大多數人所相信的人性。這種感覺應該加以研究，或許大家就能了解自己。」在《傲慢與偏見》裡，伊莉莎白學習到了思考優先於感覺，讀她小說的我也學到了。現在，我學到了兩人親密關係之間更複雜的觀念。接觸你的感覺是好的，如果加以思考更好。感覺，奧斯汀說過，是我們了解世界——人的世界、人際關係世界、我們周圍人物的主要方式。當我們要作道德判斷、選擇時，它們是我們據以評估的起點。

凱瑟琳表達了對伊莎貝拉的新認識，但起初只是直覺。現在由於研究這些感覺，她的認識變成了意識層次。幾頁後，當伊莎貝拉試圖以諂媚巴結的信，贏回朋友的歡心時，女主角已準備好。「這種膚淺的詭計根本欺騙不了凱瑟琳，」奧斯汀告訴我們。「信的說詞前後不一致，充滿矛盾、虛偽，一開始就讓她有如挨了一記悶棍。她為伊莎貝拉感到羞恥，也為自己曾經喜愛她感到羞愧。」

所有這些都與我第一次遇見教授後，他試圖教導我的某些東西一致，雖然他未曾表達並且說出來。他的課最令人驚訝的事情之一，是課程**沒有**的部分。種種研究所設計來要把我們訓練為專業學者的規矩付之闕如。沒有補充性的資料或閱讀書單，沒有理論框架或批判術語。也沒有研究報告要交，雖然這一向是鍛鍊我們的主要方式：二十頁的論文，包括註解、參考文獻，是寫專業出版品的起步。相反的，他只要求我們一週寫一頁報告。**一**頁不用引經據典，也不用額外閱讀的報告。內容只要有你、指定書，以及他喜歡問的難搞的簡單問題。

他試圖告訴我們文學研究不是學習秘密語言，或者掌握一堆理論花招，也不是發明一種新的專業人格。而是回到從前，重溫我們既有的閱讀方式——為了樂趣而閱讀的閱讀方式——也是一種強化大家，讓大家更深思熟慮、充分了解的方式。「這種感覺應該好好研究，這樣大家可能可以認識自己。」我們要相信我們的反應，但是也要加以驗證。

感覺，也是我們了解小說的主要方式——小說終究是回應世界的訓練場，想像力在其中磨練、測試我們的道德判斷與選擇。我們的感覺是小說家運作自如的元素，是他們調色盤上的顏色。如果奧斯汀在《艾瑪》中運作的不是我的感覺，那麼當她教我無聊時，那感覺是什麼？或者在《傲慢與偏見》中，當她教我確定性時，那感覺是什麼？好奇心、困惑、愉悅；腦袋裡的雜音、靈魂裡的騷亂——教授告訴我那是我必須共同運作的元素；是我學問應該開始的起點。由於熱愛閱讀，所以我一開始才會念研究所。

＊　＊　＊

我們**習慣的**閱讀方式。《諾桑覺寺》教導我的事情之一，我的教授和奧斯汀都了解的事情之一，是看出我們眼前的事情何者正確非常困難，即使我們覺得自己在看。在亨利指點之前，凱瑟琳並非無知，而是更糟糕：她被伊莎貝拉、艾倫太太及其他人錯誤的教導。

這是貝琴懸崖那段情節的重點，亨利有如一個壞老師。而凱瑟琳一開始處於愚昧、無知的狀態（「她對繪畫一無所知，對品味一無所悉」），在她的老師開始教導前，她完全不懂。她聽懂了前景、遠景、次遠景、旁景、透視法、光線、陰影——所有繪畫理論告訴她的她都看到了——但是她錯過了整個巴斯城，無法欣賞它到底美在哪裡。

這只是女主角後來拜訪提尼家古老的哥德式建築諾桑覺寺前的暖身。跟伊莎貝拉看的那些小說——《渥芬巴哈古堡》（*The Castle of Wolfenbach*）、《黑森林的巫師》（*The*

Necromancer of the Black Forest）、《恐怖之謎》（*Horrid Mysteries*）、《午夜鐘聲》（*The Midnight Bell*）——讓凱瑟琳自以為知道將會在諾桑覺寺發現什麼。在諾桑覺寺的第一晚，大風凜冽，她單獨在自己的房間，秘室的門、搖搖欲墜的木板、嘎嘎響的鎖鏈一有動靜，她的神經就緊繃起來，她看到了一個奇怪老舊的櫃子，櫃子本身彷彿隱藏了可怕的秘密：

> 凱瑟琳的心臟噗通噗通跳，但是她並未喪失勇氣。她的臉頰因為希望而漲紅，眼睛因為好奇而睜大，手指緊緊抓著抽屜的把手往外拉開。裡面空空的。在恐懼減少、渴望倍增的情況下，她拉開了第二個、第三個、第四個抽屜，統統都是空的……現在只剩下中間還沒搜索了……不過她花了一些時間開門……最後終於打開了；而且不像之前什麼也沒找到；她的眼睛迅速掃到一捲紙，紙卷被推進裡面凹處，顯然有意隱藏，此刻她的感覺真是難以形容。她興奮莫名，雙膝發抖，臉頰發白，用顫抖的手拿起這珍貴的紙卷。

黑漆漆的房子，暴風雨夜，一個隱秘的紙卷——她所有的期望似乎都實現了：

手稿如此神奇地被發現了……該如何解釋呢？裡面寫了什麼？會牽涉到什麼人？用了什麼方法而得以隱藏那麼久？而且多麼奇怪啊，居然是被她發現！她貪婪的眼睛迅速地掃視了紙卷。她從頭開始看。怎麼可能呢？或者她的感覺愚弄了她？不，並沒有。這張寶貴的手稿原來不過是一份洗衣清單。

而那只是開始。一個事實並不足以療癒凱瑟琳的想像投射，而且在她明白之前，她已經編造了關於提尼一家隱藏秘密、暴力犯罪的複雜幻想。事實上，某些駭人的事情的確在諾桑覺寺進行著——凱瑟琳正在偵查這個家庭的秘辛——但是所謂的暴力是情感的，而非肢體的，凱瑟琳錯估了——不久，她被蒙蔽了——因為太投入，她查錯了方向。她的幻想不僅愚蠢，而且危險。長長的通道、古老的櫃子裡，其實根本沒有諾桑覺寺的秘密。凱瑟琳的心智使她看不見事情的真相。

我們的眼睛天生未受訓練，奧斯汀告訴我們，但是等我們到了凱瑟琳的年齡——大到可以上大學、更別說念研究所時——我們的眼睛就被訓練精良了。我現在明白了教授為什麼要問我們那些令人「惱怒」的問題，好像他多喜歡問似的。他包容我們所說的，平等對待我們。事實上，這種教法最近很受歡迎：鼓勵學生表達自己，肯定他們的想法，分送棒棒糖式的正面評論。

然而，學生來學校是帶著已經獲得的所有觀念（「前景、遠景、次遠景……」），而不是帶著開放的心胸來的，而且他們迫不急待的把既有觀念投射到所讀的一切東西上。如果在大學，你會追尋「象徵主義」、「預兆」或「基督形象」。如果在研究所，你會追尋「異質的結構」（constructions of otherness）、「性別論述」或「力量的循環」。不管怎樣，你的結果就像凱瑟琳一樣，擁有與眼前現實無關的精巧複雜理論。亨利挑戰凱瑟琳，我的教授挑戰他的學生，奧斯汀挑戰我們所有人。我現在了解了，老師的任務不在確認學生的想法，也不是把自己的想法灌輸給他們，而是讓他們從這兩者解脫。

我的教授教小說，而凱瑟琳被小說所誤導，然而他和奧斯汀終究都不在乎這種小說。

他們兩位都知道學習閱讀是指學習生活。閱讀時保持開放的心胸，只是一種教導自己永遠開放心胸的方式。現在，我了解教授如何維持他年輕的心態了。他未曾安於確定性，未曾停止挑戰自我；他要我們挑戰他，一如他努力挑戰我們。我明白奧斯汀作品的核心有一種矛盾。她向我們顯示如何成長，同時又要我們永保年輕。她的女主角們成長為大人，但是她的大人們，絕大部分看起來都不太好。以下是凱瑟琳和女伴在巴斯的一個早上：

吃過早餐後，她就安靜的埋首書中；……習慣使然，艾倫夫人的說話和呼喊並沒有吵到她；艾倫夫人的心靈貧乏、腦袋不靈光，話從來不多，但是也不可能完全靜默。

艾倫太太對凱瑟琳而言，是一個警訊，老是坐著看書，更是我們的警訊。

小心啊，奧斯汀在說，千萬別這樣過了一生。

奧斯汀喜歡年輕人，完全是因為青春期是我們生命中面對新體驗最開放的時候。她的重要主題在變化，而年輕人仍保有變化的能量。她的小說蘊涵青春活力、銳利的眼光以及嬉戲玩笑，充滿年輕人與他們的關懷——通常被成人們（就像史奴比卡通裡的父母，或者在巴斯那天早上的艾倫太太）拋到九宵雲外。《傲慢與偏見》，據我所知，只有八個成人角色，二十一個年輕人，故事就從班奈特家的五個女生開始。《諾桑覺寺》，故事規模較小，有七個年輕人，只有兩個成人扮演重要角色。奧斯汀似乎覺得成人很無聊，或者，他們經常讓自己變成如此。

在她給侄女、侄子的信裡顯示，奧斯汀在生活以及書裡，都頌揚青春。她常常與晚輩親戚往來，款待他們，對他們的言談興趣盎然。當她的哥哥法蘭克帶著新娘拜訪年長的哥哥艾德華的莊園時，奧斯汀為艾德華的女兒范妮寫了一首詩，她那時候十三歲，想想看，她一定覺得這種新體驗很有趣。當她弟弟詹姆士的十歲女兒卡洛琳（Caroline）有了侄女時，珍姑姑也有同感。「現在，妳當姑姑了，」她寫道：「妳是重要的人，不管做什麼都必定引發盎然的興趣。我總是盡量維繫姑姑的重要性，我相信你現在也是這麼做。」

她鼓勵，但是從不擺架子。她三個兄弟的孩子嘗試寫小說——毫無疑問，受到這位著名姑姑成就的鼓舞——而奧斯汀看過他們寄來的草稿後，都會詳細回以批評與讚賞。即使卡洛琳九歲時寫的故事，也得到嚴肅的評論：

我希望我寫小說像妳寫故事那麼快——我很感激妳對奧莉維亞的仔細觀察，妳為她做得非常好；然而無所事事的父親，是她所有錯誤與痛苦的始作俑者，應該受到懲罰。

最大的侄女范妮和安娜，在她生命的最後幾年是她通信最勤的人（奧斯汀過逝時，兩個人都二十四歲），但小卡洛琳那時只有十二歲，也常通信，奧斯汀最後幾個月寫給她的信顯然是為了收信人被公認很成熟，寫信者彼此也很享受通信的真正樂趣。至於范妮，她在這時期寫了一系列的個人省思信，如：

妳真是無與倫比、讓人無法抗拒。妳是我生活中的喜樂。妳最近寫的妙語如珠的信！妳對妳古靈精怪小小內心的描述！……妳是一切愚蠢和聰明、平常和古怪、悲傷和活潑、挑釁和有趣的典範。

她可能談過凱瑟琳・莫蘭，而相同的生命力、生命力中的喜悅，在她回應兩個女孩時閃閃發光。最後，有封她某個一月寄給哥哥查爾斯的女兒凱西（Cassy）的信，那時凱西九歲，信裡每個字都倒過來拼，信是這樣開始的「親愛的凱西，祝你新年快樂，」（"Ym raed Yssac, I hsiw uoy a yppah wen raey,"），結語是「愛妳的姑姑，珍・奧斯汀。」（"Ruoy Etanoitceffa Tnua, Enaj Netsua."）難怪珍姑姑廣受她的侄女、侄子們喜愛。

奧斯汀的作品蘊涵一種矛盾，不過未必會造成悲劇。你會越來越老，她告訴我們，但仍然能保有年輕的心。於是，我開始了解那些年無法成長的部分原因：恐懼失去可能性，恐懼變成另一個擁有配偶和房子的無聊成人。現在我有了生活可能容納什麼的新想法。

當我搬到教授家隔壁時，我發現不時會在我們那棟建築外遇見他。他有一個重新油漆家門口欄杆的長期計畫（他和太太夏天時都會去別的地方，所以進度很慢），我們偶爾會站在那裡——我背著背包，他拿把刷子——談論一些臨時浮現我心頭的想法。有一天我們的話題是《諾桑覺寺》，他談到了一個我從來沒想過的場景。

「凱瑟琳告訴亨利：『我剛學會喜歡風信子，』」他說：「真是非常有意思，你不覺得嗎？」

「嗯，是吧，」我說——我的回答很平常。

「嗯，」他繼續說：「奧斯汀是在說我們要去**學習**喜愛事物，喜愛是不會自己發生的。這不是一個顯而易見的想法。」

「不，我想不是，」我說：「愛通常被認為是完全自發、自然的，就像一見鍾情。」

「對，」他說：「但是，非常顯然的事情是我們**可以**學習。而且想想亨利是怎麼回答的。」他顯然可以背誦記憶中的場景，而我需要一些協助。

「誰知道呢，」他引述：「一旦情感提升了，妳可能開始喜歡玫瑰？……學習去喜愛的習慣很重要。」

學習的習慣：如果凱瑟琳十七歲時可以學習喜愛風信子，教授是在告訴我——或者應該說奧斯汀透過教授告訴我——我一生都可以不斷學習喜愛新事物。當然，一開始是教授幫助我學習喜愛珍・奧斯汀，反抗類似凱瑟琳帶到諾桑覺寺的頑固渴望。但是我現在開始懂了：生命很奇妙，如果你活得對，它會不斷帶給你驚喜。就在你認為沒有什麼比風信子（或者關於風信子的場景，或者關於一位寫風信子場景的作者）無聊時，你會發現喜悅的新源頭。

凱瑟琳以為她在諾桑覺寺看到的事物，其實不存在，然而我的教授解釋，這本小說並不反對想像力。相反的，它反對妄想、心理投射、重複想一樣的老套，諸如認為所有舞會都「非常令人愉快」，或者所有老屋都隱藏著黑暗秘密的想法。真正的想像，他繼續說，對生活與藝術而言，意味著想像新可能性的能力。艾倫太太與奧斯汀的其他無聊成人角色想像力之缺乏，遠甚於他們的無知或愚蠢。在他們看來，沒有任何事情會為他們改變，因為這不在他們的想像中。

但是，奧斯汀關於永保年輕的想法，蘊涵更深的矛盾。當我回憶審視那個場景，我記得凱瑟琳**如何**學習喜愛風信子。「你妹妹教我的，」她跟亨利說：「我無法說怎麼教的，艾倫太太年復一年，費盡苦心要把我教得跟他們一樣，但是從未成功；直到不久前的一天，我在米爾森街看見他們。」年輕人，奧斯汀說需要**學習**年輕，必須認識世界的自然之美（風信子的美麗），以及他們本身的道德之美（他們喜愛風信子的能力）。他們必須接受已經學會的年長者的教誨——比方提尼，或我的教授，或珍・奧斯汀。以範例來教導（「我無法說怎麼教的」），而不是以艾倫太太費盡苦心的方式。

對老師的需求——在現代精神中受到抑制，似乎不平等、不民主。它傷害了我們的自尊，因為我們必須承認自己的不完美，並且把自我置於他人之下。它冒犯了我們認為自我是獨立自主、至高無上的不切實際脾氣。而且如果一如《諾桑覺寺》，老師是男人，學生是女人，甚至更糟糕，一個是年長男人，一個是年輕女人，它就觸犯了我們女權主義者的感覺。

然而，奧斯汀接受它，甚至讚揚它。幾乎她所有的女主角都有一種或其他種老師，而且，在生活中，我們知道她有許多重要的良師益友。她的大哥詹姆士大她十歲，根據他的兒子詹姆士–艾德華（James-Edward）、奧斯汀的第一個傳記作者所說：「大哥詹姆士在指導她閱讀、塑造她的品味方面，擔任重要的角色。」依麗莎・弗朗索瓦德夫人（Eliza Capot de Feuillide），奧斯汀風情萬種的表姐，大她十四歲，當她從法國歸來光臨奧斯汀家時，就成了她的朋友及偶像。安妮・勒弗洛伊（Anne Lefroy），是奧斯汀還是小女孩時，一位附近教區牧師的妻子——美麗、活潑、機伶，很棒的讀者、個性幽默——是她「最喜愛、仰慕的良師益友，」根據奧斯汀的傳記作者克萊兒・托馬林的敘述，她有一種「理想父母」的氣質，讓奧斯汀可以尋求忠告與鼓勵。最後，卡珊德拉，奧斯汀摯愛的大姐，甚至在「她成熟的力量中」，正如詹姆士-艾德華說的：「是比她更有智慧、更優秀的人之一。」

當主題再度轉向奧斯汀的良師益友與成長觀念時，我的教授和我又有另一段對話。「奧斯汀說跟卓越的人相處很重要，」他眨了眨眼說：「所以我建議你：要跟卓越的人相處。」

我念研究所時，抱持著非常不同的受教育的理念，這個理念來自於我父親。他有三個大學的學位，能說六種語言，自學古典音樂、歐洲藝術及西方歷史，他與接受教育而博學多聞的人無分軒至。而依怪異的循環方式而言，博學多聞的目的僅僅是「受」教，和自詡為「文化人」（以及感覺優於一般人）。知識、文化、自我，在我而言是一掛的，成長被理解為一個人「應該知道」的某些事情；「聽過」布拉姆斯（Johannes Brahms）[3]或喬托（Giotto di Bondone）[4]則被認為是一種優點——即使知道的只是一個是作曲家，一個是畫家——一次邂逅被視為「認識」（或者如我父親說的「熟悉」）一件藝術品。

我父親未曾熱衷於文學，畢竟，那只是一些故事；他較喜歡提供真正訊息的書籍，然而我開始念研究所時，他開始顯露興趣，當作分享體驗的一種方式。當我選修關於班・江森

3. 約翰內斯・布拉姆斯（Johannes Brahms，1883-1897），德國新古典主義樂派作曲家。
4. 喬托・迪・邦多納（Giotto di Bondone，1267-1337），義大利畫家與建築師。

（Ben Jonson）[5]的課，他就讀這位劇作家的傳記，雖然不是讀他的劇作。當我選修關於莎士比亞的課時，我建議他至少讀一些他的作品。「我已經讀過了，」他說：「在我二十多歲時。」他的確讀過了，他買了一套全集從頭讀到尾。這又是在「應該知道」的確認單裡。

知識、文化、自我。即使我對於認識藝術作品或文學作品意味著什麼的觀念，已經比我父親的來得艱深，一直到進研究所以後，我仍運用這種制式觀念——運用到我英文課的新生、我暑假準備口試時愛上的女人，以及初讀《艾瑪》時約會的女友等等。但是，現在我學習了一個新觀念，而且是透過另一個「父親」的協助學來的，我曾經對於跟這位父親比鄰而居而非常緊張。這是一個關於教育的新觀念，也是一個關於成為人的新觀念——關於「文化」或其他的新觀念。我現在明白了，你不必無可置疑、不必強大、不必控制人們以贏得他們的尊敬。真正的男人不怕承認自己還有需要學習的地方，甚至不怕承認向一個女人學習。

當然，因為是奧斯汀最後教導了我這些知識與教育的新觀念。在她對於無知感到不耐，重視具有「消息」、「談吐」的人物時——也就是知道世界時事，而且能明智地談論的

5. 班・江森（Ben Jonson，1572-1637），與莎士比亞同時代的傑出英國劇作家及詩人。

人——她奚落強調獲得事實的兒童教育與成人自我教育。伊莉莎白・班奈特的妹妹瑪麗不只是愛賣弄學問，也很愚蠢。

「妳說什麼，瑪麗？」她父親取笑她：「我知道妳是個深思熟慮的小女生，讀了許多偉大鉅著，也作筆記。」瑪麗想說一番有道理的話，但是不曉得怎麼說。

奧斯汀的時代有正規教育，但是女孩們仍鮮少有機會受教，她曾在〈論大學〉（On the Universities）短詩裡談到：

難怪牛津與劍橋
在學問與科學方面如此深奧豐富
因為有人每天將學識一點一滴地**帶到**那兒，
而我們卻鮮少有機會認識能傳授學問，將其**帶出**學術殿堂的人。

當卡珊德拉拜訪附近的一些朋友時，她的妹妹在一封信裡寫了一些這類謾罵：

閱讀又大又愚蠢四開厚書（通常放在早餐客廳）的小姐們，必然熟悉世界上的一切事情。——我厭惡四開書——帕斯里上尉的書對他們的社會太有益了。他們不會了解把思想凝聚於一本八開書的人。

四開書是為自視嚴肅的書保留的大型書；八開書大小是它的一半，也沒那麼耀眼。至於帕斯里（Pasley）上尉的書：《論軍事策略》（*Essay on the Military Policy*）、《大英帝國的制度》（*Institutions of the British Empire*），奧斯汀稱之為「是我一開始抗議反對的書，但是經過嘗試，我發現文字頗令人愉悅，內容挺有趣的。」——證明她對嚴肅的非小說作品不陌生，而且她判斷一本書是否告訴她有價值的事物，是由它的書寫形式決定。四開書的主題是什麼並不重要，她在意的是冗長無趣的形式、沉重的文字。

當然，她評價最高的書是小說。這不是一個時興的觀點——小說被認為太膚淺、太陰柔——但是她二話不說的捍衛。在寫給卡珊德拉的一封信裡，她提到附近一間即將開幕的圖書館（在那個年代，圖書館是民營事業，有收費或認捐），她注意到：

> 為了吸引我們捐款，馬丁太太告訴我們她的藏書不只限於小說，還包括各種文學作品等等。她也許沒有對**我們**這一家不以讀小說為恥的讀者們表現出自命不凡的態度——然而，對她半數妄自尊大的捐助者來說，小說膚淺的道理卻是必然的。

在《諾桑覺寺》這本關於閱讀小說的小說裡，凱瑟琳問約翰・索普是否看過《神秘的烏道夫》時，他一副傲慢的樣子說：「烏道夫！喔，老天，怎麼可能，我從來沒看過小說；我還有其他事要做呢。」

奧斯汀已經教過我們鄙棄這種回答。她不是反對《神秘的烏道夫》等類似的書；而只是反對人們錯讀它們的方式。為了確定我們沒有漏失重點，她很早就在書裡作了重大的說明，就在告訴我們凱瑟琳自己讀小說後：

> 是的，小說，因為我不會採取一般小說作者狹隘、愚蠢的行為，輕蔑地批評小

說——加入他們的最大敵人陣營，嚴厲地指責這些作品，而且不允許自己作品中的女主角閱讀。如果她無意中拿起一本小說，那麼情節一定變成她厭惡地翻閱著無聊的內容……人們常常譭謗小說家的能力，貶低他們的努力，輕視具有天分、智慧、值得推薦的作品。「我不是小說讀者，很少看小說，別以為我經常看小說，這對一本小說而言，已經很好了。」這些是人們一般的說法。「××小姐，妳在看什麼書呢？」「噢，只是一本小說！」年輕的小姐邊回答，邊裝作沒興趣地放下書，或忽然覺得不好意思，「這只是《西西莉亞》或《卡蜜拉》或《貝琳達》」，或者簡而言之，只是一些展現最偉大心靈力量、最透徹人性本質、最巧妙描述多樣人性、最充滿生動機智幽默的作品，這些作品都以最佳的語言表達出來。

至於嚴肅的歷史，凱瑟琳解釋了自己為什麼討厭它：「每一頁都充滿了教皇和國王的爭吵、戰爭或瘟疫；男人都不是什麼好東西，幾乎看不到一個女人。」後段文字很棒，奧斯汀言外有深意，暗示了自己的想法。「幾乎看不到一個女人」，換句話說，就是女人在公共事務中，基本上沒有一席之地；而公共事務與私人生活、個人生活無關。在奧斯汀的年代，有關私人生活的小說幾乎總是與女人有關，也多由女人執筆，就因為這兩大因素，人們常常瞧不起這類小說。

歷史告訴我們發生了什麼事，而小說教導我們更重要的事：可能發生什麼事。《諾桑覺寺》的開場白是關於驚悚傳奇小說的玩笑，以及引發大家對奧斯汀個人運用傳統習慣的注意，然而我現在體會到其中另有涵意。「了解凱瑟琳・莫蘭幼年的人，都不會認為她天生是女主角。」最謙遜的起點，蘊涵最大的可能性。凱瑟琳從未成為傳統的女主角，從未擁有令人欽佩的熱烈激情與壯烈冒險，卻成為更好的人。

藉由喚醒世界，拋棄必然性、憤世嫉俗，敞開心胸面對新體驗，她把自己的生活轉變成永不間斷的冒險，這些都需要真正的勇氣、毅力。奧斯汀告訴我們這才是真英雄。如果你活得正確，生活就會不斷帶給你驚奇，而且我現在了解到不斷帶給你最大驚奇的事物，就是你自己。毛毛蟲無法想像蝴蝶，小孩無法想像成人，沒有墜入過愛河的人，無法想像戀愛的滋味。我們永遠無法觸及我們內在的終點，永遠無法知道自己潛能的極限。

這些都是必須窮極一生探索的功課，然而我應用的第一個地方是教室。我沒有把它視為一系列的工程問題——如何把我腦袋裡的某種質量傳輸到學生的腦袋裡——而是把它當作一個引發他們發現內在還未產生、仍在準備的力量的機會，並且透過讓彼此驚奇的方式進行。我覺得一個優秀的班級，是有「貫徹我的重點」的班級，我在其中也有所收穫——我的收穫並不是目的，而是因為如果我發現了什麼新知，就表示我給了學生思考超越我的方式的自由。

突然之間，教學變成愉快的經驗。我興奮的走進教室，心曠神怡的離開教室。課堂上的時間似乎變得永遠都不嫌長，開始覺得上課像大家一起研究，甚至像一種冒險——好像在盪高空鞦韆，最棒的感覺是放開橫槓的時刻，放掉我的計畫，就讓自己飛越空中，相信另一邊有人正等著接應我。感覺鑾提心吊膽，但也很好玩。

我開始喜歡學生，而不再怨恨。他們似乎瞬間變得聰明有趣——因為我讓他們順其自然，而不是壓抑他們的才能，以維護我脆弱的知識權威感。他們也開始喜歡我，會找我談話，甚至向我吐露心事。最棒的是，有幾位學生變成了我的朋友，老師與學生之間以獨特的方式成了朋友——一如幸運的我之前和非凡的教授鄰居間所產生的友誼。

終究，我沒有為了想成為教授而犯下任何錯誤。我只花了一點時間就發現自己的潛能。我已經開始學習如何教書——但更重要的是，在學校待了二十多年之後，我終於學會了如何學習。

第四章

曼斯菲爾莊園

mansfield park: being good

追求良善

到布魯克林的第一年，我察覺自己的人生正逐漸轉型。這是我頭一回擁有屬於自己的家，我幾乎可以感覺雙臂和兩腿，隨著搬來的精神空間變長了。我有個平台可以放蒲團，又在街上舊貨拍賣會買了組不錯的椅子，甚至挑選一些植物，學著把它們養活。（當我問花店的店員：如果呢，我不馬上使用盆栽土，它會不會壞掉，他是這麼回我的：「你是想問**泥土**會不會**腐壞**嗎？我覺得我好像在跟我弟講話欸！」）我吃英式漢堡披薩的日子已劃下句點。我一反常態地拾起《最新簡易食譜》（*New Basics Cookbook*），廣邀朋友到家裡享用薄荷烤馬鈴薯、迷迭香檸檬蒜頭雞之類的料理。幾個月之後，我還養了一隻貓——如今牠成了我的重責大任——這個灰撲撲的小傢伙，需要一個家，還喜歡蜷在我的書桌上陪我工作。

因為搬得離哥倫比亞大學很遠，我跟研究所的朋友也漸行漸遠。自然而然地走向一個跟以往截然不同的世界。我另一個朋友，交了個從小在上東城長大、念曼哈頓私立貴族學校的女友。她在大學先修菁英中學結識的友人，念完大學之後回到城裡，四處涉獵、過著上流人士的奢華生活，而他們正是我開始結交的朋友。這教人難以抗拒。這是金字塔的頂層，是十九世紀伊迪絲・華頓（Edith Wharton）[1] 或F・史考特・費茲杰羅（F. Scott Fitzgerald）[2] 的現代版：時髦華麗、文質彬彬的年輕人，散發一種魅力與高雅的光芒，讓我有如飛蛾撲火。我目眩神迷，深受誘惑。那是我作夢也想不到的特權世界，只要有幸一窺究竟，我就心懷感激。

這裡是豔冠群芳的百貨公司女繼承人，在東村經營一家雅緻的小餐館，跟一個以後可能會躍上大銀幕的男子交往。那裡是消費者產品的富商後裔，娶了他在藝術學院交的女友。這裡是長春藤名校校長的碧眼甜心女兒。那裡是比其他名門貴族加起來都還富有的年輕女子——她帶大家上一家甜點都要十二塊美金起跳的「轉角小餐廳」，就連同行的富家子弟都忍不住發牢騷——而她不知在哪兒把到一個荷蘭籍、模特兒般的高大美型男。

我參與這些人的開幕盛會，往後也和他們在鬧區的閣樓尋歡作樂。我在圓石之丘的一戶聯棟住宅享用精緻的早午餐、以及高雅的燭光晚餐。我被領進朋友女友從小長大的東城豪宅大樓；電梯門一打開，只有兩扇門面對我們：一扇是她家的大門，另一扇則是鄰居的。我在

譯註

1. 伊迪絲・華頓（Edith Wharton, 1862-1937），美國女作家，出身紐約上層家庭，她的小說及詩對上流社會觀察敏銳，筆調詼諧幽默。
2. F・史考特・費茲杰羅（F. Scott Fitzgerald, 1896-1940），美國小說作家，娶了名門之女為妻，為了維持笙歌宴飲的豪奢生活，撰寫大量小說，以賺取高額稿酬。

她家人位於長島的避暑山莊住了好幾個禮拜，那裡有四間臥室、一個游泳池，以及看起來綿延三百英呎的草坪。

我在內心暗忖：這就是我一直察覺在我左右，卻遲遲未能躬逢其盛的紙醉金迷、絢爛奪目的紐約。假如你跟我一樣在澤西的市郊長大，這座城市就像是《綠野仙蹤》裡的奧茲（Oz）王國，是遠方耀眼的海市蜃樓，就算住在城裡十年也未曾真正改變這個事實。在大學生涯的一千個日子，我可以夜夜上街流連酒吧；我可以在中國城來點黑豆糕、在布萊頓海灘享用俄式小圓餅、在克莉絲汀餐館大啖波蘭牛肚湯；我可以探索前衛劇場「廚房」、地下樂團的表演聖地「針織工廠」（Knitting Factory）、以及P.S.122表演空間；但是我始終無法擺脫自己只是在寒冬某處閒蕩的感覺。城市真實的面貌，一如我所想像，是個魔法王國，穿著打扮光鮮亮麗的俊男美女，在暗室裡詼諧談笑；而那個世界依舊在絲絨繩的彼端。

儘管豪門的名額管制嚴格，卻好像有人偷塞給我一張通行證。我朋友的女友也成了我的朋友——原來她個性非常迷人，很會說故事，也懂得察顏觀色——不過其他人多半把我當作空氣。我也沒立場責怪他們。我不懂怎麼打扮、不曉得要往哪裡站，也不知道該怎麼點飲料，或在派對上要怎麼走到另一頭。於是我站在邊邊角角凝視女人，試圖以如珠妙語賺取生活費。儘管如此，我還是想在這個圈子找到一席之地，但願有人大開特例讓我晉身名流。在我的想像中，我會成為眾所矚目的知識分子，因為攙著文學氣息炒熱聚會氣氛，而深受眾人青睞。男人尊敬我，女人注意我。最後，其中一位——是哪位對我而言其實並不重要——會覺得我魅力難擋，要我做她的男友。

和那些人共度週末或夜晚之後，抽離燈紅酒綠，重新埋頭苦幹寫我的奧斯汀篇章，並不總是那麼容易。論文這條漫漫長路，我舉步維艱，更何況我才剛開始啟程；我時常納悶，不知最終它能為我帶來什麼，最後我是否能靠它自謀生路。有時我甚至對奧斯汀本人也失去耐性——尤其當我想到《曼斯菲爾莊園》，這種感觸便更加深刻。當時我已讀過兩遍，卻還是覺得這本書一無是處，也無法理解她為何要寫它。這部小說似乎跟奧斯汀所相信的一切相互抵觸，少了《艾瑪》、《傲慢與偏見》以及《諾桑覺寺》的愉快氣氛——亦不見機智、活力和好奇心。它的氛圍陰鬱，甚至可謂愁苦，它的人生觀晦澀難解、過分拘謹。

更慘的是，我不得不跟這位異常使人反感的女主角作伴。范妮・普萊斯（Fanny Price）

是個可憐的小女孩，十歲那年起便寄住在家財萬貫的姨丈家。曼斯菲爾莊園這個富麗堂皇的嶄新環境使范妮為之震懾，自信迷人的四位表哥表姐令她心生畏怯，於是她漸漸成為一位溫順懦弱的青少女，身體孱弱、內心逆來順受。她沒有艾瑪的自信、伊莉莎白的幽默感，或凱瑟琳・莫蘭對人生的開闊胸襟，也沒有任何快樂或喜悅的能力。

由於她的際遇，她的消極或許情有可原，但隱而未顯的似乎更像是消極性的攻擊。當她的表哥表姐和幾位朋友決定演一場戲自娛娛人——順帶一提，那正是珍成長過程中，奧斯汀家族經常辦的活動——范妮拒絕參與這個極有可能不成體統的密謀。對她而言，光是置身事外還不夠。就連想到其他人可能因此開心快活，她都受不了：

> 她周圍的人各個興高采烈、忙得不可開交、生氣蓬勃、神氣活現，每個人都有讓自己興致盎然的明確目標、自己的角色、自己的服裝、自己喜愛的一幕、自己的朋友和夥伴：人人參與討論、相互比較，或從他們胡亂提議的想法中尋開心。只有她獨自一人鬱鬱寡歡、微不足道：什麼事都沒她的份；她要走要留都可以；她可以置身於眾人的喧鬧之中，也可以退居一旁……她在場，別人視若無睹；不在

場，也沒人想念。

看到這裡，我不禁想對她說：「真可憐。」但顧影自憐不足以形容她。那早已是她的預設模式，一種「別擔心，我坐在暗處就好」的殉難精神。不，當她在一旁悄悄觀看他們排演，「范妮深信，雖然沒有參加演出，卻能從戲劇中得到跟他們同樣的天真樂趣。」「天真樂趣」：那正是防禦性偽善的調子。她從戲劇得到快樂，卻也從譴責戲劇得到另外的快樂。

范妮當時年滿十八，行為舉止卻仍像個孩子，老是存心躲在她初次抵達曼斯菲爾莊園時所住的地方。事實上，所謂的「東室」，她在頂樓的小窩，曾經當作家教的教室，至今依舊保留童稚的家具。「天真」這個詞一點不錯。畢竟，范妮之所以反對這齣名為山盟海誓的浪漫愛情劇，是因為該劇暗地提供表哥表姐和他們的友人相互打情罵俏的機會。端莊拘謹、循規蹈矩、一本正經、道德嚴謹的范妮，就是不能面對可能激盪的成人情慾。除此之外，她根本不喜歡閱讀小說。對她而言，小說無疑太過淫猥，太過輕佻。

反觀曼斯菲爾莊園的其他人，實在也好不到哪兒去，而且絕大多數只是更糟。起碼范妮的缺陷，亦是美德。倘若她顧影自憐，同時也是自我犧牲。倘若她為人消極，卻也耐性十足、寬宏大量、沒有怨言。家裡的其他成員大多是不同面向的醜惡。范妮的姨丈，湯瑪士・貝特倫爵士（Sir Thomas Bertram），是冷淡疏離、專制蠻橫的大家長，他的出現在曼斯菲爾，就像是不可承受之重（只有當他遠渡重洋出國，年輕人才能實現演戲的夢想）。他那好逸惡勞的嬌妻，貝特倫太太（Lady Bertram）——「她這個女人成天打扮得漂漂亮亮，坐在沙發上，做些大件的針線活兒……對孩子還沒有對她那隻哈巴狗來得關心」——秀美動人、活力充沛、聰明伶俐，好似一個價格不菲的抱枕。

貝特倫家的兩姐妹，瑪莉亞（Maria）跟茱莉亞（Julia）聰穎機靈、嬌生慣養。（「她們的虛榮心如此理所當然，」奧斯汀如是說：「所以她們似乎不引以為意。」長子湯姆（Tom）是個沒責任感的花花公子。接著還有貝倫特太太的姐姐，諾利斯太太（Mrs. Norris），她或許是奧斯汀作品中最不討喜的角色了：心眼不好、為人吝嗇，又如污泥般卑劣，這個女人面對丈夫的死訊，心想：「現在沒有了他，日子過得也挺好的」，而且像邪惡後母般地糟蹋范妮——「別忘了，無論妳身在何方，地位永遠最卑賤，次序永遠落於人後。」不過，這一家子如果願意費心留意女主角，也的確把她當作一個經過美化的奴僕。

這一家子的唯一例外，就是愛德蒙（Edmund）。這位善良體貼的次子，是自私沙漠當中的良心綠洲。但是就連他我都難以接受——誠如范妮本身那樣循規蹈矩、一本正經，而且事實上，身為她的良師益友及備受敬愛的表哥，他負起讓她成為正派女孩的重責大任。然而愛德蒙與尋常人無異，同樣無法對偽善的誘惑免疫。原先他也反對演戲——但是一發現自己有機會調情，馬上見風轉舵。不過他當然不這麼認為。由於還差一名演員，而愛德蒙也只是接受沒人要的那個角色，好先發制人，免得請家族外的人演戲，惹出更不得體的是非。跟一名他有非份之想的年輕女子演對手戲，那也只是巧合罷了。

說起初登場的這對年輕男女。亨利和瑪麗・克勞福（Henry Crawford, Mary Crawford）同母異父的姐姐是曼斯菲爾教區牧師的妻子；這兩姐弟對我而言，正是這部小說之所需，他們是一陣清新的強風，吹過充滿霉氣的曼斯菲爾莊園。亨利時髦瀟灑、溫文爾雅，是個世故又健談的老油條——比湯姆聰明，比愛德蒙有自信，而且比他們兩位都有趣得多。至於他那「姿色出眾」的姐姐，健康活潑、說話風趣、喜歡嬉鬧、獨立自主，她使我頭一個聯想到伊莉莎白・班奈特。「我身強體壯，」瑪麗邊說邊從馬兒身上跳下來。「除了做我沒興趣的事，我從不感到疲倦。」她還會略開黃腔。亨利和瑪麗由他們的叔叔，一位高階海軍將官所撫養。「我在我叔叔家住，自然結識了許多海軍上將，」她在此刻冷嘲熱諷地說；「**少將**啦，**中將**啦，我見得夠多了」——調皮地對軍階和英國皇家海軍在性方面的名聲一語雙關[3]。

克勞福姐弟本身就富甲一方，富裕的生活帶給他們精神上的自由，這對氛圍沉重的曼斯菲爾莊園來說，前所未見。他們的到來喚醒了貝特倫一家兄弟姐妹，也為小說本身賦予了生氣。散步、騎馬、郊遊、演戲——轉瞬間，一切都變得輕快活潑，不再死氣沉沉。可想而知，范妮被嚇傻了。他們不是她的同類，那些也不是她打發時間的方式（她消磨時間的方法比較靜態）。當瑪麗跟愛德蒙開始互有好感——她在幾近違背本意的情況下，喜歡上他穩健可靠的個性——我們的女主角便陷入妒忌的恐慌。

她暗生忿恨、焦慮不安，瑪麗卻溫柔體貼地對待她，只不過這個善舉似乎並非出於好意。「我不會逼她，」范妮拒絕參與演出時，諾利斯太太當著大家的面咆哮：「但我認為她是個冥頑不靈、忘恩負義的女孩……想想她是什麼樣的人，是怎樣的身分，就知道她確實是忘恩負義到了極點。」

愛德蒙氣得說不出話；但克勞福小姐以驚愕的眼神看了一會兒諾利斯太太，再將

3. 英文的「海軍少將」為rear admiral，「海軍中將」為vice admiral，瑪麗將其簡稱為rear和vice，而這兩字分別有「臀部」跟「罪惡」的意思。

目光轉到范妮身上，只見她的淚水就要奪眶而出，便馬上開口說：「我不喜歡這個位子：對我來說，這裡溫度太高了，」並把椅子挪到桌子對面，湊到范妮那頭，一邊坐定位，一邊親切地對她低聲說道：「親愛的普萊斯小姐，妳別在意，今晚容易大動肝火：大家脾氣火爆、又愛激怒彼此，不過我們別跟他們計較。」

至於亨利這個死性不改的花花公子，更教人難以喜歡，他藉演戲的期間誘惑瑪莉亞・貝特倫的情感，一個愚昧的年輕富家小弟，勾引曼斯菲爾莊園已經許配給人家的長女；不過就亨利這方面來看，他並沒有懷抱什麼嚴肅的動機，充其量只是為了滿足他個人的虛榮心。他將下一個目標轉向范妮，他向姐姐誇下海口，說他只想在女主角的心上戳個「小小的洞」，不料很快就發現事與願違。誠如瑪麗之於愛德蒙，亨利驚覺自己竟為范妮細膩文靜的性格而心動。而當他準備認真追求她的時候，也開始展現某些自己比較好的特質：耐心、圓滑、敏感，有教養的內涵，與容易動情的心。

由於《傲慢與偏見》最終安排男女主角最美好的特質大融合，以及缺陷的淨化，所以每次讀這本小說，我總是支持曼斯菲爾跟克勞福家族的結合：一方面是愛德蒙和范妮，另一方面是瑪麗和亨利。善良配果敢，穩健搭朝氣。表兄妹會逐漸成熟，姐弟會安頓下來。大家都會成為更好的人，皆大歡喜。

但是當時發生了某件事，使我對《曼斯菲爾莊園》以及我自己改變了心意。我跟那群念私立貴族學校的名流結識了一年左右，我的朋友跟他女友結婚了。與其說是婚禮，其實更像一場加冕典禮：正式結婚前晚，先在可以鳥瞰東河的高級餐廳預演晚宴；在東城一座富麗堂皇的美國新教聖公會，舉辦莊嚴的結婚儀式；然後在附近一家私人酒吧請客，食物豐盛、美味到無可挑剔。我從衣櫃裡層翻出最好的一雙鞋，買了成年禮之後的第一套新西裝。共有幾百位賓客出席，他們大多是新娘父母那邊的菁英生意夥伴和社交友人。後來，我跟其他單身男子觀賞跳舞——那位百貨公司女繼承人一襲毛領黑色小洋裝，把大家迷得目不轉睛——其中一位剛好談到新郎：「看來他如願以償嘍。」

「什麼意思？」我一面說，一面回頭看那個笑容滿面的新婚男，只見他正在跟老丈人的一些朋友握手寒暄，舉手投足沉著自信，一副深知運籌帷幄的樣子。——「他打進圈子了，」對方這麼回答：「他已處心積慮、苦心經營多年了。」的確，我朋友並非含著金湯匙出身的名門之後。他在南部長大，是教授之子，但他的祖父是州警，母親是服務生。透過上大學和研究所，他循序漸進地攀上學術名望的鏈條，並且總是往東北方前進，最後來到紐約，並且循同樣的模式跳槽。然而，我從沒料到這整件婚事是如此機關算盡。

當然，在理論上我知道有人會為了金錢結婚。我讀過《大亨小傳》（*The Great Gatsby*）[4]，可以理解來到紐約，埋葬過去，透過蒙騙的手段打進上流社會。但我作夢也沒想到這套理論也適用在我朋友身上。我們難道不是因為喜歡某人，才跟他們交朋友嗎？我們難道不是為了愛才結婚的嗎？此時一句成語躍上心頭：「攀炎附勢」（social climber），這彷彿是我第一次真正明白它的意思。後來我想起認識朋友的女友不久後，他跟我說的話。他們兩個想要把我跟她以前的一個同學湊對，卻又持保留態度。「她很難搞，」他們這麼說。「什麼叫作難搞？」我問。（當年我還沒看過電影「當哈利碰上莎莉」When Harry Met Sally）。「難搞是最糟的，」我朋友說，並絞盡腦汁試圖傳達這個概念糟糕透頂的真實狀況。「比長得醜更糟。比貧窮更糟！」

說來好笑，我當時竟然沒有會意過來——又或者有，卻又不把它放在心上。他們是一

4. 大亨小傳（*The Great Gatsby*），作者為費茲杰羅，是一部以1920年代紐約及長島為背景的短篇小說，除了纏綿悱惻的愛情，該書也敘述當時富人歌舞昇平的享樂主義。

對有趣的佳偶，也意味著未來更多樂趣的到來。他真正想說的，之前我不願聽，又或許我難以置信。但是如今在婚禮上，看到他們引薦的世界攤在我面前，親眼目睹它的邏輯，使我不得不思考整件事的意涵——優雅底下的貪婪、光輝底下的殘酷——更重要的是，我在其中所扮演的角色。因為假如我的朋友在攀龍附鳳，那我又算什麼呢？雖然我從未像他那樣想方設法、計劃周詳，也沒想過所做的一切會把我帶往哪個方向，但是我確實被那群金光閃閃的名流吸引，渴望為他們所接納，如果那不叫攀龍附鳳，又是什麼呢？我會變成怎樣的人？又已經變成怎樣的人呢？

我很想說那晚過後，我就跟那個世界一刀兩斷，但是情況可沒那麼簡單。那對新婚夫妻依舊是我的朋友，而且無論如何，要抽離如此誘人的東西絕非易事。不過我確實開始擦亮雙眼，注意我以前不願看清的真相——觀察他們如何待人，又是怎麼對待自己。不久後，我繼續動手寫論文，那時才恍然大悟，原來在我跟那個世界正面交鋒之前，早就有人把我對它所需要知道的一切都告訴我了，只是我一直充耳不聞。如今我才發現，假如我不是置身珍・奧斯汀的一部小說——事實上，是特定的一部小說——又會在哪兒？那個奢華而殘忍、迷人且貪婪、冷酷但有趣的王國，倘若不是現代版的《曼斯菲爾莊園》，又是哪裡呢？

這個認知差點把我擊倒。無論我從奧斯汀身上了解自己多少，卻怎麼也料不到我們的世界竟然如此相似。我活在民主社會，她活在貴族統治的國家。在我的世界，人們藉由才華和努力獲致成功；在她的世界，身世大抵決定了一個人的未來。我們這個年代，人們為了愛而結婚（至少我這麼以為啦）。她的時代，為金錢和地位聯姻，或多或少被視為理所當然。然而，現在我發現我們的世界有多相似，尤其是我目前置身其中的這個階層。在貌似南轅北轍的理想之下，其實存在同樣的態度：同樣的價值觀、同樣的動機、同樣的嚮往。無論我可能想要相信什麼，我發現在這個國家，我們也有一群特權階級，而我正親眼目睹著它。於是婚禮過後的那幾個月，我繼續在那個世界遊歷，不過更為謹慎、更有意識，相互啟迪的過程也漸漸展現。《曼斯菲爾莊園》使我了解我的經驗，而我的經驗使我懂得《曼斯菲爾莊園》。

最終來說，我周旋在那些有錢的曼哈頓人之間，倘若不是另一個范妮・普萊斯，那又是誰：一個外人，一個旁觀者——在邊邊躡手躡腳、備受冷落？我真是個傻子，居然以為自己可以真正融入他們；我又是多麼可悲，竟然以為我的學識可以凌駕一切，為我贏得一個魅力四射的女友。如今我徹底明白這本小說為何要費盡心力在這齣戲劇上多所著墨——一群花樣年華的少男少女準備親自粉墨登場，也是為自己演出的一齣戲。這段插曲只是彰顯了一直存在的事實，那就是范妮永遠只能當個觀眾。雖然她是自願不參加戲劇演出，但是關於金錢與地位的、更大規模的戲劇，老是在她周圍上演——派對與狩獵，打情罵俏與媒妁姻緣——她跟我一樣別無選擇，只能旁觀。我們不曉得台詞，而且就算設法學著演戲，別人也不願意賞臉分個角色。這齣名為「山盟海誓」的戲劇選得恰恰好。范妮一文不名；在小說當下的情節（後來亨利對她的好感，是奧斯汀安排的一個奇蹟），她在短時間內都不會有機會背誦戀人間的蜜語甜言。

我也開始明白曼斯菲爾莊園在書中所扮演的獨特角色。它並非奧斯汀唯一以地名命名的小說，但沒有一個地點能像它一樣，在小說裡營造如此深刻的存在感。她的其他著作，沒有一本這麼堅持局限在單一一座莊園打轉。小說開頭第一句就提及曼斯菲爾，結尾的最後一行也再次出現。我們發覺它的慣例、得知它僕役的姓名、了解它的財富來源。我們獲知它的空間感，鉅細靡遺、瞭若指掌，這點在奧斯汀的其他作品前所未見：闔家歡聚的客廳，年輕人布置劇場的撞球間，范妮舔自個兒傷口的東室，花園，馬廄，牧師公館，公園。這也難怪小說以莊園命名。除了女主角之外，曼斯菲爾莊園是比任何人都更重要的一個角色。

至於此話為何為真，我只需想起我還是個來自郊區的十七歲毛頭小子，初次造訪的地方即可。曼斯菲爾之於范妮，就等於紐約之於我：令人畏怯驚嘆、充斥社交險境的一座詭秘價值迷津，以及瀰漫象徵和情感意義的空間。對於伊莉莎白·班奈特成長的朗伯恩（Longbourn），或是艾瑪生活的哈特菲爾德（Hartfield），我們所知甚少，也是因為那些女主角把她們的家園視為理所當然。倘若從愛德蒙的角度敘述曼斯菲爾莊園，這座莊園也會擁有同樣平淡無奇的背景。

然而這本小說以范妮「鄉下人進城」的視角撰寫。對她而言，曼斯菲爾的一切絕不可能平淡無奇，也不會有任何事被視為理所當然。「她與該地相逢」在此書占的份量等同於其他的一切。曼斯菲爾為小說中的一個角色，一如紐約是許多電影和電視節目的人物，比方：「計程車司機」（Taxi Driver）、「安妮·霍爾」（Annie Hall）、「慾望城市」（Sex and the City）。這兩處不只是地點：它們是氣候，是情緒，也是文化。它們製造自己的天氣，設定自己的條件。

這使得我認知中的貝特倫和克勞福家族，更顯得位高權重，他們成為曼哈頓的兒女。撇除自身的優美與姿態，來自於奇妙園地的他們，身上圍繞著目眩神迷的光環。在小說裡，克勞福姐弟也是如此，他們代表了比曼斯菲爾更為尊貴的意義：倫敦，他們成長的地方，為紐約的前軀和旗鼓相當的對應者。與他們相提並論，連貝特倫家族都顯得粗野；如今我終於明白，克勞福姐弟是搭著魅力倫敦的風，航進曼斯菲爾。那是他們世俗、知識和自信的來源。

小說中的某處，年輕人聊起莊園的「改建」——也就是時下流行的主題，現代人口中的「房屋翻修」——瑪麗以都市人漠不關心的口吻表達她的意見。「要是我在鄉下擁有一座屬於自己的莊園，隨便哪一個勒普頓先生（一位知名的景觀設計師），只要他願意一肩挑起這個重責大任，收了我多少錢就要為莊園增添多少美，我會對他感激不盡；不過在它完工之前，我連一眼都不瞧。」以金錢換取美麗：瑪麗不只是宣傳她的財富，亦是駕輕就熟地招搖炫燿大都會人的漫不經心。她想傳達的是：倫敦人不會為了枝微末節而弄髒手。他們輕捻手指，世界就隨之躍動。

瑪麗是個諂上驕下的勢利鬼嗎？或許有那麼一點吧。基本上那是她一貫的作風。她總是風采迷人。不過直到現在我才明白何謂「迷人」。畢竟迷人是一個動詞——一個動作，不只是一種狀態。瑪麗的迷人之處，跟伊莉莎白•班奈特和凱瑟琳•莫蘭有所不同。在下意識裡，她們的個性自然各異其趣。她刻意做出一些舉動，博取他人好感。依我看，那是一場表演，一齣戲。（而我再一次認清：演戲的重要性，以及將它置於小說核心的匠心獨具：這群人自始至終都在演戲。）這是個反直覺的概念。比你光鮮亮麗千百倍的人，何必在所有人當中，特別費心向你這隻癩蛤蟆、這個鄉巴佬證明他們多麼光鮮亮麗？因為他們必須知道**你**認為他們光鮮亮麗。顯然無論他們表面上有多泰然自若、胸有成竹，終究還是自信不足。

幾近吊詭的是，我發覺瑪麗跟我朋友的新婚妻子如出一轍。打從我見到她的那一晚起，就全然拜倒在她的石榴裙下——為她的故事、她的對答如流、她的無畏與風趣所傾倒——不過直到現在，回想那次相遇，我才明白整件事有多機關算盡。不用說也知道我為她神魂顛倒：因為她確實勾魂攝魄。一切豁然開朗。我朋友的妻子對我灌的迷湯，跟克勞福姐弟對曼斯菲爾的人們，以及身為小說讀者的我們所做的事，換句話說，也就是他們對我所做的事，有異曲同工之妙。

於是我終於開始了解奧斯汀在《曼斯菲爾莊園》的妙筆生花的深度。瑪麗誘惑愛德蒙、以及亨利誘惑范妮的同時，角色創造者也確定他們在誘惑我們。我對他們興趣盎然的事實，並非這本小說的瑕疵，奧斯汀也並沒有創造她無法控制的角色；精確地說，這是小說的策略。誠如她在《艾瑪》跟《傲慢與偏見》那樣，她再度精心策劃我的反應，為我上了一堂反應的課。她**要**我為克勞福姐弟傾心，接著要我思索箇中原因。只不過這一次，我花了比之前更多的時間才領悟這個道理。

我朋友的妻子當晚有特別的理由要博取我的好感——我是她新男友的朋友——但當我開始有此意識的同時，卻又覺得她其實不需要什麼特別的理由。近乎完美的巧合是，她本身就是演員，或許應該說在她放棄演藝工作前，大學時期曾是個演員，她表示另謀出路的理由是「我在這一行最了不起大概就是拍個洗髮精廣告。」於是她轉而唸法學院，或誠如她所言：「我認為我當律師能比當演員得到更好的角色。」倘若她吹噓自己在派對上呼風喚雨的功夫，便也會自豪她迷惑陪審團的魅力，讓他們完全照著她的想法走。

一如克勞福姐弟，她純然為了見證自己有操控他人的能力，以及設法搞清楚該如何下手而操控他人。瑪麗同樣也是懂得察顏觀色的狠角色。或許從愛德蒙對范妮滔滔不絕的話語中可略知一二：「我認識的人沒有一個比她更會看人……她肯定把**妳**摸透了……至於對其他某些人，從她偶爾給我栩栩如生的暗示看來……倘若不是有所顧忌不便直說，她同樣會精準地道出**許多人**的性格特點。」至於我朋友的妻子，或我的朋友，就此而言，也是同樣犀利的觀察者，而且無所顧忌、直言不諱，時常以他們對念私立貴族學校的其他人的責難來娛樂我，從「難搞」到享用十二塊美金甜點的女人獵捕小狼犬，一如「添購一本漂亮的書」的看法。不過直到如今我才開始思索這對夫妻在別人面前是怎麼說我的，以及他們是如何神不知鬼不覺地操控**我**。

《曼斯菲爾莊園》也一樣。在諾利斯太太惡毒的言語攻勢後，瑪麗安慰女主角，此舉在我看來，多半出於好意，一如奧斯汀謹慎地表述「她幾乎純粹受這種極度美好的感覺支配」；不過她其實是一石二鳥。她知道想要擄獲愛德蒙的心，就要從范妮下手，也曉得想要博得范妮的好感，便得從她擔任海軍的哥哥威廉（William），也就是女主角原生家庭唯一讓她依戀的成員問起。的確，當瑪麗進而問起他，表達她對他很好奇、想要見見他，而且「在她想像中，他是個非常俊俏的年輕人」，「雖然都是恭維之詞，范妮卻不得不承認，人家說得非常動聽，因此她不由自主地、精神振奮地傾聽著、回答著，這些都是她不曾設想的。」

任務達成。不過話說回來，瑪麗是名連續操盤手。她操控湯瑪士爵士、操控貝特倫夫人，令人摸不著頭緒的是，她也操控著諾利斯太太。不過小說中亨利責難女主角之處，便將「操控」做了最和諧的展現。當他告訴姐姐：

我並不完全明白范妮小姐是怎樣的一個人……她是不是一本正經？是不是性格古怪？又是否拘謹造作？……我這輩子都不曾碰過這樣的姑娘，跟她相處那麼久，努力討她歡心，卻始終贏不了她的芳心！……我一定要扭轉頹勢。她的表情彷彿在說：「我不會喜歡你。我絕對不會喜歡你。」但我要說的是，我非讓她喜歡上我不可。

而當姐姐試圖提醒他，要他別傷害這麼脆弱的人兒，他卻表示反對：

不，我不會傷害她這個可人兒！我只希望她以友好的眼光看我，對我微笑臉紅，無論我們身在何方，她都會在身旁給我留一把椅子，當我坐在她身旁、跟她說話，她會興致盎然；希望她跟我有同樣的想法，對我著迷的事物和樂趣感到有趣，並想辦法把我留在曼斯菲爾久一點，我一走她就覺得再也快樂不起來。

這番話本身就是一小篇操控人心的傑作，神不知鬼不覺地領著讀者一步一步來到我們想像不到的地方。

根據小說後來的情節發展，亨利是否真的傾心范妮？我確信他以為自己墜入愛河，不過如今我很納悶，不曉得她對他這種人，或者身為朋友，對他姐姐這種人，究竟有何意義。「收了我多少錢就要為我增添多少美」：克勞福姐弟習慣穿梭於物品專供他們添購享用的世界，這使我想起他們也習慣這樣對待他人。我認識的那群曼哈頓富家子弟自然也與他們無異。「一如她添購一本漂亮的書」：這句評論殘忍卻精準。

亨利希冀購買的那種美麗，使這個概念更教人不寒而慄。范妮變成一個如花似玉的姑娘，但真正令他魂牽夢縈的是演戲一事過後的兩個月，看見她跟瑪麗曾經問過的哥哥威廉重逢：「范妮光亮的臉頰、明亮的雙眸、高昂的興致、全神貫注地投入……這是亨利・克勞福有足夠道德品味去珍視的畫面。」「道德品味」：這是多麼令人厭惡的字眼哪，這項非同小可的聲譽，竟然淪為美酒或佳餚的等級，供人買賣、吞嚥、評斷。

不只是我發現表面底下的價值，不只是確定我的聲譽遭到活體解剖，就像我目睹其他人遭遇的慘況一樣，真正開始讓我在朋友和他們的世界變得無趣的是那種客觀性。因為我漸漸意識到他們以同樣的方式對我。我的朋友不只非常喜歡娛樂他人，同時也希望別人竭盡所能娛樂他們，這是他們給人的印象，肯定錯不了。誠如亨利，他「非常厭惡」「恆久不變的住所，或者局限的社交圈，諸如此類的事物」，他們無法忍受一分一秒的無聊。於是，說也奇怪，我們相處了那麼久，我才開始明白待在他們身邊，我一直無法真正放鬆心情，總覺得只要跟他們作伴，我就自始至終都得屏住呼吸。我發覺我好像老是必須處於**開機**狀態，必須隨時準備詼諧的言辭或有趣的故事。

我那充滿險阻和挫折的感情路，變成一系列的連環漫畫，為了娛樂眾人而一再舊事重提；在某種程度上，這倒也沒什麼，因為它拔走了我在情場失意的刺，卻也從來得不到真正的憐憫或感同身受。沒錯，在我自己的客觀性裡，我無意識地跟他們串通好扮演健談說書人的角色，因為我發現那是讓我在餐桌前保有一席之地的方式，不過其實我也沒有別的選擇。

待在他們身邊，你的內心必須全副武裝（他們說不定會在背後說你很「難搞」），說不定保持平常的單調乏味也不行。事實上，有時候幾個禮拜過去了，我還是沒有他們的消息，會開始覺得自己被當成玩具：只要認為我有貢獻的價值，就撿起來把玩，但是一感到無聊便棄如敝屣。

在《曼斯菲爾莊園》裡也一樣，亨利初次告訴瑪麗他對女主角的攻心之計時，瑪麗就是如此暗示。瑪麗亞・貝特倫最終嫁給家財萬貫的蠢材，她的妹妹茱莉亞，也就是亨利在曼斯菲爾第一位擄獲芳心的對象，跟著他們一塊兒度蜜月（這在奧斯汀的年代並不罕見）。「有她那兩位表姐，你就該心滿意足了，」瑪麗對弟弟談起范妮，然而「事實上，你總是需要有人跟你相好……如果你真要對她下功夫，我永遠不會相信你這麼做是因為她長得美麗……那純粹出於你的無聊和愚蠢，不會有其他原因。」此刻范妮對亨利而言，只不過是一項嗜好，他騎馬、打獵以外的活動。誠如他自己所說的：「妳知道我準備在不打獵的時候做些什麼消遣嗎？」

貝特倫家族、克勞福家族——如果奧斯汀來自並且深愛貴族階級，又為何要詆譭這個階層？因為她並非來自貴族階級，對他們也沒好感。與大眾認知相反的是，她本身不是貴族世家，她的書，尤其是《曼斯菲爾莊園》，也寫得一清二楚：她甚至不太喜歡貴族階級。她筆下的女主角儘管時而富有，卻從來不是書中富甲天下的角色，而且通常不會嫁給富可敵國的男人，他們一般都相當低賤，而且愈是有錢，就愈低賤。

至於奧斯汀本人，她的父親是牧師，大多數的親戚——伯叔、兄弟、家族友人——不是牧師、律師，就是軍官：雖都可稱為紳士，卻絕非貴族。奧斯汀家境小康，但離「富有」還差得遠，離她筆下那些有領地或封為侯爵的世家，更是相差十萬八千里。倘若貝特倫家族真會跟他們交往，那也是以最疏離的方式屈尊降格，頂多在當地受人景仰的家族陪伴下，偶爾邀請他們參加舞會罷了。

儘管伊莉莎白·班奈特跟她的姐妹不用做家務勞動，貝特倫夫人和她的女兒除了名媛淑女用來打發時間的高雅針線活兒之外，也只閒在家裡當貴婦；但是珍和姐姐卡珊德拉，身為女孩子，卻有滿滿一表單的雜務要做：為自己、父親、兄弟做衣裳；在廚房、乳牛場、花園、圈養家禽的庭院（烤麵包、釀啤酒、煮果醬和果凍）協助母親；需要晾曬乾草時，也得拾起草耙。

珍二十九歲那年，奧斯汀牧師與世長辭；不似班奈特家族的女兒，每位可盼望得到千元英鎊，自然也不像瑪麗・克勞福已獲得了兩萬英鎊，奧斯汀姐妹什麼也沒繼承。她們擁有的一切，全都仰賴他人，這裡的「他人」指的是本身就縮衣節食的母親，和家族的其他親戚；這是她們和奧斯汀夫人以及第四名女人，共住一間由親人提供的簡樸小屋，直到奧斯汀辭世最重要的理由。

女人如果小姑獨處，或沒有繼承遺產——她們也得視名下有無財產，方能覓得如意郎君——在奧斯汀那個年代，女性能夠自給自足的方式少之又少。誠如她提醒一位侄女所言：「單身女子令人恐懼之處在於：它可能意味著貧困。」奧斯汀這個階級的年輕女子最常見的選項，就是成為別人的家庭教師，一如《艾瑪》中的珍・費爾菲克斯，處境堪虞、形同奴隸。奧斯汀最終能靠寫小說掙的錢，而且第一本直到她三十五歲才出版——《理性與感性》的一百四十英鎊，《傲慢與偏見》的一百一十英鎊，她都珍惜節儉，直到最後一文錢。「縱使我和每個人一樣喜愛受到讚美，」她曾經說過：「我也喜愛艾德華口中的**銀兩**。」她不純粹為了興趣而創作。

不過儘管奧斯汀不是來自貴族階級，也沒有登堂入室，卻有幸得到前排座位觀察貴族生活。同一位艾德華，也就是她的三哥極其幸運被遠親領養，那是一對膝下無子的有錢夫婦，艾德華繼承了他們的家產，也承襲他們的姓氏奈特。奧斯汀開始撰寫《曼斯菲爾莊園》時，艾德華的境遇很可能給了她寫作的靈感，尤其因為他的大女兒，也是小說家最喜愛的侄女，跟范妮・普萊斯一樣芳齡十八，而且同樣叫作范妮。然而，倘若領養的概念為艾德華所貢獻，范妮・奈特（**Fanny Knight**）也贈予她的名字；女主角遭到排擠、被邊緣化、淪為附屬品的經驗，卻只能說出自於奧斯汀本人。

每當她造訪兄長在哥德瑪夏姆莊園（**Godmersham Park**）的宅邸，與范妮・奈特往來，卻自始至終都被視為一個窮親戚。誠如曼斯菲爾莊園的范妮・普萊斯，或者打進多金紐約客小圈圈的我，她一直是個局外人和弱勢。這並不是艾德華的錯，據說他是個慷慨到無懈可擊的男人（他出借所屬一座莊園土地的房子，好讓奧斯汀母女在珍的父親過世之後，有地方可以落腳）。這自然也不是他妻子的錯，雖然每次要請待字閨中的小姑協助臨盆（她一共有十一名子女），她總是特別偏好卡珊德拉。根據另一名侄女的說法：「稍有才華在古登史東・布麗姬家族（艾德華妻子的娘家）而言，還好相處，但才華太過洋溢到頭來就容易疏遠了。」

不，這純粹是體制的錯。縱使奧斯汀是關係這麼近的親戚，儘管她與生俱來就擁有良好的品性和心智，卻還是被當作弱勢，因為根據當時人們的想法，她確實就是弱勢。在奧斯汀辭世五十年之後，也是范妮・奈特本人憑自己的能力獲封夫人將近五十年之時，她以殘忍的坦白陳述此事。她憶起姑姑：「雖然**才華**出眾，卻少了她應有的優雅**教養**。」接著又說：「整體來說，奧斯汀一家並不富裕，他們周遭主要往來的對象，出身一點也不高貴，總之充其量只是**平庸**之輩，雖然才智卓越、深受栽培，但是就教養而言，水平還是不及我們。」並且說：「卡珊德拉與珍從小受的教養，導致後來對物質世界和它運作的方式（我是指時尚等等）一無所知，要不是父親的這樁婚事……她們本身即使不會比較愚蠢或討喜，論及上流社會及其運行的方式，她們還是遠遠在水平之下。」

別忘了，這可是奧斯汀最疼愛的侄女。其實她沒有惡意，只是實話實說。這只不過是人們對於「上流社會」及「物質世界」的想法。家庭固然好，但絕對無法取代「教養」、「時尚」，或「出身高貴」。無庸置疑的是，卡珊德拉心甘情願地前去幫忙懷孕的大嫂，但其實她也沒有選擇的餘地。艾德華也是出於同樣的善意將房子借給母親和妹妹，但這只讓她們形同受撫養的家屬。這也難怪奧斯汀在哥德瑪夏姆最要好的朋友，是那裡的家庭女教師：跟她一樣邊緣化、低三下四、依賴他人。而這段友誼一直維繫到她離開人世，這也難怪她終其一生從旁詭秘觀察，活靈活現地描繪貝特倫和克勞福家族一般的貴族階級。

儘管奧斯汀幫助我看清家境富裕、出身名門的人，是如何對待他人——視他們為物品或器具、傀儡或玩具——有關權力與奢華的危險，最發人深省的一課在於人們如何傷害自我。結交總要你當小丑提供娛樂的朋友，可不是好玩的一件事；不過倘若你需要別人不斷來娛樂你，那就糟糕百倍。克勞福姐弟的活動易變，乍看之下彷彿活力充沛——瑪麗騎馬馳騁鄉野，亨利在鄉間東奔西跑——但我最終才發現那其實更像靜不下來、不得安寧。突降驟雨的某一天，瑪麗在曼斯菲爾牧師公館，也就是她姐姐與姐夫的家裡鬱鬱寡歡、無精打采——「心情沮喪地望著戶外的淒風秋雨，哀嘆當天早晨的外出計畫全泡湯了，接下來的二十四小時，除了家裡自己人以外，再也見不著別人」——此刻她在附近瞧見全身淋成落湯雞、並被請進家門的范妮。

「有一樁賞心悅目的新鮮事送上門，」奧斯汀說：「克勞福小姐變得精神抖擻，說不定這樣的活力可以一直維持到更衣和晚餐時間。」雖然那一刻眨眼就過了，卻是多麼鐵證如山的指控。奧斯汀要表達的是：瑪麗的內在精神寄託是多麼貧乏，缺少靜下心來讀書、繪畫，或單純坐著沉思的能力，她的心靈連獨自待在屋內幾小時都受不了。彷彿永恆的娛樂、無所事事的富裕，只會領向無趣的永恆威脅。

奧斯汀讓我明瞭：凡事總能得手的人，假如得不到自己想要的東西就會極度痛苦。儘管克勞福姐弟的到來，為曼斯菲爾帶來享樂計畫，比方：演戲、造訪瑪麗亞・貝特倫未婚夫的莊園，讓人們天旋地轉，這些計畫到頭來卻似乎總是沒搞頭。人人爭奪戲劇中最搶眼的角色，或馬車的上賓主位，以及誰能跟誰打情罵俏的機會。換句話說，為了每個人將要擁有的樂趣，以及誰將會擁有最多，人人都在你爭我奪。

當瑪麗的豎琴在收穫季期間從倫敦抵達，她無法理解為什麼從鄰近城鎮僱馬車將它運來有這麼困難：

沒想到此事竟然困難重重，我實在詫異不已！我覺得鄉下不可能沒有馬和馬車，所以馬上要我的女僕弄來一輛；我只要一從化妝室向外望，就會看到一個農家庭院，在灌木林裡散步，也總會經過另一個農院，我原以為只要張口，馬車一叫就有……而當我發現原來我要的是全世界最不合理、最不可能得到的東西，而且惹得所有的農夫、勞工，以及教區裡男女老幼生氣的時候，你可以猜想我有多意外！

一如往常迷人的表述，但意思顯而見易。「馬上要我的女僕弄來一輛」：瑪麗不習慣等待一群農夫幫忙，而且也沒打算要習慣。誠如她的弟弟或貝特倫家族的大多數人，她不習慣聽見別人說「不」。

身為次子的愛德蒙，必須設法自食其力，於是他打算成為牧師。范妮的哥哥威廉已經踏上成為海軍軍官的路。但是長子湯姆，永遠混不出個名堂。畢竟他是家產的繼承人；他覺得自己生來「只是為了花費和享受」。而亨利・克勞福對未來的規劃呢？一如我所認識的許多富家子弟，好比說開小餐館的百貨公司女繼承人，試著唸法學院但出師不利，或者像她涉足電影圈的男友，亨利對什麼都一知半解。

當愛德蒙談起他的未來，亨利幻想佈道是多麼了不起的事。「但是話說回來，」他補充道：「我一定要有倫敦的信眾。我只能對受過教育的人講道……而且我也不確定自己喜不喜歡時常佈道。」當威廉詳述他的冒險故事，亨利希望自己也加入海軍。「他但願自己也當過水手，」如奧斯汀所言：「見過這些場面、幹過那些事情、受到這麼多磨難。」措辭恰到好處。亨利並不希望**現在**是水手的身分，而是希望**曾經**當過水手——苦難都已了結，如今準備收割榮譽。「跟他光輝的英雄氣概、服務貢獻、勤勉向上、刻苦耐勞相比，自己一味的吃喝玩樂便顯得可恥。他但願自己是威廉・普萊斯這種人，出類拔萃、努力奮鬥建功立業！」

然而，這份期盼卻有如曇花一現。沒必要的話，何需努力工作？倘若坐擁全世界的財富，又何必局限自由？亨利凡事都想有所涉獵，卻不想要深入研究，所以到最後一事無成。在那群念貴族私立學校、和我透過其他關係認識的富家子弟中，這並不是罕見的困境。許多人長期以來漫無目的，有些則是悲慘至極，得知沒有人對他們有所期待而心理受創。據說在金字塔頂端，「表現傑出」其實跟「沒有試圖自殺」相去不遠。我不禁納悶：要是知道金錢會為他們的子女招致什麼下場，人們還會汲汲營營追求財富嗎？

克勞福姐弟一直令我欽佩不已的老於世故，事實上現在看來，卻是一種心胸狹隘。瑪麗對男女老幼的嘲弄，以及她無法理解這世上還有比那些在倫敦盛行更重要的事，不只是權利的膨脹，亦是屬於自認為世界主義者的偏狹。一旦意識這個現象，我便發現它在我周遭無所不有，其中包括——或者特別是——從我自個兒嘴裡說出的。起碼從小鄉鎮來的人，知道世上天大地大。然而，倘若你活在「宇宙的中心」，也就是奧斯汀年代的倫敦或我們這個時代的紐約，那麼你的眼裡根本容不下別處。你怎麼可能想在城外度過一日？你怎麼可能願意理睬來自外地的鄉巴佬？

在和男女老幼結下樑子之前，瑪麗一開始連得知豎琴運到哪兒都有困難：

實際情況是，我們打聽的方式太直接了；我們派僕人去，我們親自去：可是離倫敦七十英哩，這樣是行不通的；不過今早我們透過正確的管道得知它的下落。某個農夫瞧見了，他告訴磨坊主人，磨坊主人又告知屠夫，然後屠夫的女婿再留話給那家商店。

這就像是紐約客開芝加哥披薩或洛杉磯文化，或他們在佛蒙特州遇到頭腦遲鈍者的玩笑。

我發現這不只是勢利眼，而是缺乏好奇心到駭人的境界。瑪麗習慣於「張口一叫就有」、以毫無人情味的冷冰冰買賣方式拿錢買歡樂，沒有興趣試著欣賞鄉間生活面對面的接觸；在鄉下，人們透過口耳相傳散布消息，每個人在收成穀物等集體任務中分工合作。我這才明白，不用為任何事努力，也意味著什麼都不用思考。起碼克勞福姐弟算是機智聰穎，但瑪麗亞和茱莉亞・貝特倫這對姐妹，打從出生就受盡讚美、嬌生慣養，幾乎愚昧無知到令人不悅，想當然耳，她們的母親本身是以某種藝術形式包裝的懶散愚蠢。

我發覺自己為書中最古老的迷思傾心不已：上流社會的人們全都彬彬有禮、氣質優雅、才智超群。或許奧斯汀也存有世人的謬見——伊莉莎白和達西等人，以及他們令人捧腹大笑的妙語——但是她試圖告訴讀者這個概念有多荒謬，才是我所需要了解的。優雅的舉止和敏捷的才思完全是兩碼子事；荷包滿滿跟有趣的想法，並沒有特別的關聯。上流社會傳統的消遣，其實騎馬遠勝閱讀。至於現代，那些衣著光鮮亮麗的帥哥美女，才不會閒坐著談笑風生，他們提及自己認識的名人，藉以抬高身價，聊的話題也是房地產。約晚奧斯汀半世紀出生的馬修‧阿爾諾（Matthew Arnold）[5]以「庸俗市儈」一詞形容中產階級，進而使該詞蔚為風行，並以更不討喜的名詞「野蠻人」形容貴族階級。伊莉莎白‧班奈特之流是少數的例外。即使冰雪聰明如瑪麗‧克勞福的人，也寧可鍛鍊體魄，而非敏銳頭腦。

然而，奧斯汀使我發現財富和安逸阻礙的不只是心智的發展。當曼斯菲爾其中一名離家的孩子患了重病，貝特倫夫人不斷寫信告知同樣不在莊園的范妮。彷彿她那終其一生免受煩惱磨難、甚至無需盡任何一分努力的姨媽，最後竟然連親身骨肉出了什麼事都不曉得，換句話說，她無法感知自己的生活究竟出了什麼差錯。她寫給范妮的書信，一如奧斯汀所言：「混雜著信賴、希望和恐懼」（誠如「我相信並且希望他發現病人的病情並沒有我們想的那樣可怕」），毫無磨擦、因襲傳統的文字充其量代表了「這是在故作驚恐」。好像世上發生的每件事都跟她隔了層紗，似乎她是戴著手套應對人生。

其他人也一樣。坐擁大把鈔票，就不用為自己的所作所為負責，對他們來說，沒有事真的那麼要緊：沒有一件事是嚴重的、神聖的、可以喚起內心真摯的情感。我再次了解「表演的概念」確實切中要點。亨利展開行動、企盼贏得范妮芳心（他只是為了好玩，她卻可能不免一場心傷），實際上是精心鋪陳一套劇本，並且自導自演。奧斯汀建構那些場景——亨利

5. 馬修‧阿爾諾（Matthew Arnold, 1822-1888），出身教師世家的英國詩人與文化評論家。

閱讀莎翁名著、亨利談論佈道，其實都像是一齣又一齣小小的戲劇。他細膩專注地表演，演出他預想可以成功的策略，在此同時品嘗自己的表現。他扮演自己的角色，亦是自己人生的旁觀者。

克勞福姐弟初至曼斯菲爾時，年輕男女結伴前往瑪麗亞・貝特倫未婚夫的莊園，一群人來到舊禮拜堂。「家庭牧師總在裡面念祈禱文，」瑪麗亞向眾人解釋：「不過已故的羅什渥茲先生（Mr. Rushworth），」即是她未婚夫的父親，「把它廢除了。」也就是說：不再執行這項慣例。「每一個世代都有所進步，」瑪麗言辭鋒利地說，只是沒過多久，當她得知愛德蒙的職涯規劃，卻得把這番話吞進肚裡。「接受聖職！」克勞福小姐說：「什麼？你要當牧師？」她幾乎不願相信，也自然不願接受，一再嚴詞威嚇這位她心目中的如意郎君，試圖讓他改變心意。對她而言，這就像一個玩笑。怎會有人認真看待宗教和倫理？怎會有人認真看待「職責」、「品行」和「節操」？畢竟她從未認真看待任何事。

然而，克勞福姐弟在曼斯菲爾待久了，愈來愈了解范妮和愛德蒙的為人，便開始略知自己未曾領會的一切。亨利在艾德蒙身上發現他期許自己擁有的特質，在范妮身上找到他希望為自己具備的性格。至於瑪麗，當她終於忍痛離開曼斯菲爾，踏上延宕已久的旅程、造訪友人時，對女主角說了這段話：「弗雷澤太太是我多年來的知心密友。但是我絲毫不想接近她。我心心念念的只有我要離別的那些朋友……你們比世界上的任何人都還要**重感情**。」「**重感情**」——瑪麗結結巴巴，試圖道出她開始學會珍視的東西：道德嚴謹、情感深刻、心意堅決。心靈的滿足，你拿錢也買不到，只有付出努力才有收穫。自以為擁有一切的女人發現原來自己有多麼貧乏。

縱使如此，她最終還是無法戰勝自己所接受的訓練，無論在小說或在我所認識的富家子弟中，這的確是最可悲的事實。她雖愛著艾德蒙，但只要他堅持當牧師，她就絕不嫁他。就算她自個兒的積蓄足以讓兩人過得舒適，他仍不夠富有，也稱不上魅力四射。「在教堂服務能有什麼出息？」她這麼問他。「男人喜歡讓自己出類拔萃，不過是在其他行業，」當律師或軍官，「想要登峰造極有管道可循，但絕不是在教堂。牧師一無是處。」不過，儘管許多男人喜歡出類拔萃，但這並非瑪麗的本意。她想說的其實是女人，或者至少跟她一樣的女人，喜歡看到她們的男人出類拔萃。顯然倘若男人沒有登峰造極，沒有獲致成功，套用現代的說法，他就是「一無是處」（nothing）。

無法跟所愛的人結婚，原因在於你更愛金錢與成功。世上還有比這更悲哀的事嗎？然而這個現象在紐約比比皆是。即使在我為口試用功的那年暑假愛上、集聰慧敏感於一身的女子也不例外；有次她帶著悔恨的自覺坦承：她不會嫁給無法日進斗金的男人。她的父親是名醫師，從小在郊區安逸舒適的環境長大。「這都要怪我老爹，」她以一種反諷的玩笑口吻說。「他供給我一定程度的生活水平，而如今我離不開它了。」

我認識另一個女人跟她一樣聰穎且有自知之明，只不過更富有、更迷人；她跟真心喜歡的男人分手，她坦言原因在於對方不夠體面。這是在一連串戀愛挫敗之後所發生的事，此話一點不假。她跟我說，對方善良迷人又有頭腦，是個好情人，而且收入頗豐。但是他來自俄亥俄州，不懂衣裝打扮，也不知道怎麼讓自己在雞尾酒派對脫穎而出。「這樣分手很糟，」她對我說：「但我就是沒辦法交往下去。」

再一次見到她時，一個穿著光鮮亮麗、老把他認識的達官顯要掛嘴邊的蠢材，領著她到處走。她看我的眼神彷彿在說：「我知道——我很抱歉。」這使我聯想到瑪麗亞・貝特倫，她對自己即將託付的對象一清二楚：「一個只具備一般常識的笨拙年輕人；但他的外貌和舉止談吐並不惹人厭……而且跟羅什渥茲先生成親，能帶給她比父親更多收入的享受，」「這位小姑娘對她愛情的俘虜非常滿意。」這樣既無想像力，也沒勇氣。「日進斗金，」瑪麗・克勞福說：「是我聽過最美好的幸福處方，」顯然無論她或瑪麗亞，或我所認識的許多聰明年輕人，都想不到更美好的處方（「這比貧窮還要糟糕！」）。

＊　＊　＊

這麼一來，我也是「一無是處」嘍？我的朋友和他妻子曾把我介紹給一對年輕情侶。他們在一起看起來很幸福，不過人一離開，我的朋友就說：「如果他只是個初級檢察官，女的就肯定不會嫁給他。」老實說當下我並不信那套鬼話——那一刻我沒把他的評斷信以為真——但那番話終於讓我洞悉他的個性。他認為不夠格娶妻、不夠格愛人的，其實是他自己；除非他設法讓自己成功，才能扭轉這個局面。不然他何必如此汲汲營營、攀炎附勢？又或誠如他妻子對我們說過的話，安慰我們當不成風流情聖的事實，並期許有朝一日我們能靠專業成就吸引美女（倘若在場有任何人希望看見她的男人出類拔萃，那就是她本人）：「你們兩位現在是**午餐**肉。再過幾年——就會變成沙朗**牛排**。」

這個嘛，我再也不想把人看成一塊肉，自己也不想被視為一塊肉，就算是打比方也不行。但我又有什麼選擇的餘地？也不是只有我朋友和他們那幫人這麼做。打從我有記憶以來，我也學著用「成功與否」——學術成就、專業成就——來評估自己；紐約只是一個極端的例子，我周遭文化中的一切都教導我金錢和地位才是幸福的關鍵。

於是我不斷思索nothing（一無是處）這個字。畢竟如果不是范妮・普萊斯——誠如諾利斯姨媽提醒她的身分「最低下又吊車尾」——又有誰才算「一無是處」？忘了《諾桑覺寺》的凱瑟琳・莫蘭吧：倘若有人沒辦法被看出天生就是女主角，那肯定非范妮莫屬。然而，奧斯汀就是要把她塑造成這樣的角色。其實在最古老的意義上，她才是真正的女主角，超越凱瑟琳、艾瑪和伊莉莎白・班奈特；她不只是主角，更是一個榜樣，我們理應效法、卻又不太可能做到的對象。如今我發現她的微不足道，正是用來激發我們思索在創作者心中她令人欽佩的地方。

我察覺到范妮不只與她身邊的特權人士不同，而是跟他們有天壤之別。他們擁有一切卻不知足；她擁有的很少，卻願意勉強湊合。她選擇以剛毅堅忍、柔韌的適應力，而非惱努忿恨來面對困境，必要時逆來順受。雖然小時候離開家人、搬到曼斯菲爾，她心裡是千百個不願意；但「為了順應現況，學習轉移她對老家大部分的依戀」，她「在表哥表姐間長大成人，也不算不愉快。」「學習」二字很有意思：事情並非自然發生，她必須督促自己這麼做。「不算不愉快」更教人玩味。她過得並不快樂，有鑑於當下的情況，看樣子她往後也不可能快活，但是她透過接受現況、善處逆境，起碼設法避免了不愉快——她所承受的不快，絕大多數時候比她表哥表姐遭遇到的還要多。

反觀亨利和其他人，老是博取樂趣，卻總擔心有朝一日要承受百無聊賴之苦，范妮卻有豐富的心靈生活。她在樓上的小小空間「東室」，就像她內心世界的西洋鏡，她在那裡總能找到「一些消遣、一點思緒……她的植物、她的書，……她的寫字枱……她發自善心、獨具匠心的作品。」沒錯，她安靜靦腆，但許多情感暗潮洶湧、深藏不露。這是關於她的一大驚喜，也是我久久未能明白之處。可愛迷人的瑪麗，遠比范妮更能**煽動**情感，不過論及體會情感的能力，還是范妮敏銳強烈。雖然她拘謹正經，出人意外的是她極度熱情。

羞愧、感激、恐懼、快樂、妒忌：她的情感不總是愉悅，她卻全心全意地去體會。「對此場合有何感受，范妮認為她無法言喻；但她的面容和不矯揉造作的幾個字，徹底傳達了她的感激和喜悅。」「他看見她以唇形默示一個**不**字，儘管無聲，她的臉已漲得緋紅。」生命對她而言，遠比對瑪麗、亨利、湯姆或瑪麗亞更為真實。生命的風險更為險惡，它的愉悅也更為珍貴。我發覺奧斯汀最高境界的學問之一在於：只有了解何謂甘於匱乏的人，才能真正有所感受。

這也不是處於窮困就能獲得的美德。我們一窺范妮的原生家庭，便能清楚得知奧斯汀並沒有愚蠢到把「貧乏」浪漫化。普萊斯一家喧嘩吵鬧、雜亂無章、髒亂不堪，跟曼斯菲爾的普遍狀況無異，同樣無心考慮他人的感受。奧斯汀欲傳達的重點在這裡更難以捉摸。成為一個有價值的人──「有所用處」而非「一無是處」的人──代表著關心體貼周遭的人。坐擁太多財富，使「體貼」變得沒有必要；過於窮困，卻教人使不上力對他人「體貼」。因為范妮能夠捨己為人，最後終於成了女主角。

「努力」（exertion，意指為他人的利益而努力）是小說中最重要的名詞之一，另一個關鍵詞則是「職責」（duty）。在這個「自掃門前雪」和「人人為己」的年代，我們已經鮮少聽見這兩個概念了。范妮自始至終都不厭其煩、毫無怨言地，為了貝特倫夫人和諾利斯太太而努力。瑪麗亞駑鈍的未婚夫試圖為了演戲而背台詞時，范妮（即便不贊成這個計畫）也從旁指導；更痛苦萬分的是，她得按捺自身的感受，幫愛德蒙彩排他和那位可怕瑪麗對演的那場戲。

至於「職責」這個字，與范妮理解自己身為侄女、表妹和朋友應盡的義務，愛德蒙盼望就任牧師，以及威廉成為海軍軍官之後需盡的責任有關。這完全是奧斯汀在自身家庭的職業男人（她身為牧師的父親、當海軍的兄弟）身上，所看見的無私行為典範。當然，克勞福姐弟對於這個概念有種不同且更現代化的詮釋。「每個人都有職責，」瑪麗說：「竭盡所能獲致成功。」

不過小說中最重要的一個詞是「助益」（useful）。「一個好的牧師在教區之所以能帶來助益，」愛德蒙對瑪麗說：「不光只是因為他講道講得好。」亨利在表達對威廉・普萊斯的景仰時，有足夠的判斷力把「助益」和「英雄氣概」（一點不錯，那是助益所帶來的「光榮」）相提並論。不用奇怪，貝特倫夫人「從沒想過要為任何人帶來助益」——這是奧斯汀筆下描述她最糟糕的一句話。

長久以來，我都不願意接受它成為行為的準則。這個嘛，它似乎太功利主義了——這麼無關緊要、講究實際。難道「有所助益」就是我們能為彼此做的最好的事？那支持、憐憫和愛又算什麼？但是到頭來，我漸漸明白它的箇中涵義。有所助益——看見他人的需求，進一步幫助他們得到——**即是**支持與憐憫。愛你的家人朋友是件好事沒錯，但倘若你不願在他們真正需要你的時候**伸出援手**、用盡一切方式費心幫忙，那麼「愛」又有什麼意義？我發現，「愛」是動詞，而非名詞，是一種努力，而非只是另一種珍貴的感受。

由於范妮必須努力付出，把個人情感放一邊，犧牲小我、完成大我，也就是「有所助益」，所以當狀況來臨、考驗眾人時——這亦是小說的高潮——只有她具備精神力量、奮起面對挑戰。至於其他人（一如往常，除了她的表哥艾德蒙之外），金錢賦予他們太多自由。這些人從來不需要做那些可以塑造品性的艱困決定，一到緊要關頭，他們著實與廢物無異。

諸如此類的狀況有朝一日終將到來，這點奧斯汀心知肚明。當她富裕兄長的妻子在產下他們第十一名子女過後的沒幾天與世長辭，危機因而在她們家降臨。大女兒，也是她最疼愛的侄女，范妮・奈特年僅十五歲。「艾德華痛失愛妻，」奧斯汀捎信給再次前往哥德瑪夏姆莊園、幫忙嫂子分娩的姐姐卡珊德拉：

而且一定痛徹心扉，對他和他痛苦的女兒來說，現在談「節哀」都還言之過早——但是很快地，我們就能期盼親愛的范妮對她心愛父親的「責任心」，能使她覺醒、努力。為了他，以及作為母親在天之靈「愛」的最佳見證，她會努力安謐嫻靜、逆來順受。

奧斯汀對我們提出建言，同時也對她至親至愛的家人提議。「愛」意味著「努力」和「自制」——我為人人，因此最終也是為了自己：

如今最親愛的范妮一定將自己視為他最大的慰藉、他最好的朋友；竭盡所能，逐漸供給他所失去的美好。——這樣的考量將能振奮她的精神，使她快慰。

事實證明也是如此。幾個月後，她寫信給依然待在哥德瑪夏姆莊園「有所助益」的姐姐卡珊德拉，奧斯汀同時照料艾德華年紀較長的兒子；母親過世時，他們都離鄉背井、在外地求學——她說出以下這番話：

聽你們敘述的范妮，令我心歡喜……我們昨天才想起她、談到她……並且祝福她擁有與生俱來的歡樂、幸福長久。——在把歡樂散播給周遭的同時，她也對自身的貢獻有相當的肯定。

職責、努力、逆來順受、終於得到幸福：後來奧斯汀在另一個范妮的故事體現同樣的概念，那個她所創造並送往與哥德瑪夏姆莊園極其雷同之處的范妮。

然而，還有最後一種「助益」形式，是奧斯汀迫切渴望告訴我們的，（也是我從來沒想過的）——迫切到她把它擺到最前面、擺在小說的起頭。年僅十歲的女主角剛到曼斯菲爾一個禮拜，夜夜獨自垂淚；有回比她大六歲的表哥愛德蒙在閣樓階梯遇見淚眼婆娑的她。「他在她身旁坐下，費盡心思希望她別因為哭泣被人發現而難為情……並勸她把心底話告訴他。」他很快就發覺原因在於她思鄉心切，於是說：「我們到花園裡散步吧，把妳兄弟姐妹的事全都說給我聽。」一請范妮訴說她的故事，這麼一個簡單的舉動就足以奠定他在范妮心中「永遠的朋友」的地位。別人都沒想過要這麼做；他們心裡根本沒有她。

我意識到，它跟我訓練自己對朋友和他妻子講的那些故事，那些每每必須引人發笑的精鍊趣聞軼事，有多大的不同。「把妳兄弟姐妹的事全都說給我聽。」全都說：沒有不耐煩、沒有競爭敵對、沒有中斷打擾、無需擔心是否逗人開心，也無需注意聽眾思索等你講完後他們該如何評論、所流露的呆滯眼神。愛德蒙真的在意她的兄弟姐妹嗎？未必如此。但是他在意她，而她在意自己的兄弟姐妹，所以他這麼做就已足夠。他明白傾聽別人的故事，是為了了解對方的感受、經驗、價值觀和習性，是為了一次了解對方的全部。奧斯汀撰寫小說並非無緣無故。她知道故事使我們成為人，傾聽別人的故事——進入他們的感受、證實他們的經驗——是認可人性，也就是最甜美的「助益」形式的最高境界。

毫無疑問的是：風趣的人的確風趣。但我終於明白在認識的人當中，還有比風趣與否更重要的特質。一想起帶給我諸多樂趣、也造成我諸多痛苦的那群朋友，一想起他們引薦我的、燦爛卻殘酷的世界，我就發現衡量別人還有一個更好的方式。這並不取決於一個人風不風趣、時不時髦，而是在於他是熱情還是冷酷、慷慨或是自私。會不會為別人著想，懂得傾聽或只顧自己高談闊論。

我可以疏遠那群念貴族私立學校的朋友——如今我的頭腦稍微清醒一點，這正是我所做的——也可以乾脆離開紐約，我知道有一天或許我非得這麼做不可；但是我發現這些課題無論走到哪裡都適用。雖然鮮少人有機會在我一窺究竟的上流社交圈打轉，不過我們全都活在金錢、地位和名聲至上的世界，而且難擋以財富、風采和成功等條件評斷他人的誘惑——也為了那些物質條件評斷自我，為了達到那些目的而犧牲真正重要的事物。

事實是，我從未真正喜歡上范妮，也未曾下定決心對克勞福姐弟萌生應有的反感。同樣的，少花點時間跟我朋友和他的妻子相處，也並非易事。縱使風趣歸風趣，迷人歸迷人，我們卻無法真正避免深受它們吸引。然而，《諾桑覺寺》的教訓依舊適用：「應該深入探討這些感覺，或許有助於他們對自身的了解。」思考雖不能阻止我們去感覺，卻可以使我們不採取行動。可以防止我們被自身的感覺所蒙騙。

我甚至無法確定**奧斯汀**是否期望我們對范妮・普萊斯產生好感。她非常清楚普通人很難愛上范妮，卻想以最明顯的筆觸帶出范妮與克勞福姐弟等人的對比。她在沒有賦予女主角任何機智和魅力、所以不會使讀者分心的情況下，強迫我們專注於她真正重要的特質。伊莉莎白・班奈特同樣慷慨大度，同樣也能體貼無私，可是她的條件迷人討喜，教人不多留意也難。讀她的故事，根本無需多加臆測就知道奧斯汀只在意女主角的才華洋溢、才智煥發。

這就是為什麼她非得將《曼斯菲爾莊園》中的女主角塑造得如此無趣。這回她取伊莉莎白的原型，把她的性格一分為二：瑪麗得到迷人風采，范妮得到善良心地，而我們必須決定哪項特質較好。我發覺奧斯汀並非真的譴責聰穎機靈、活力充沛；她只是要表達這些並非人生中最重要的特質。她在《曼斯菲爾莊園》出版的同年，捎信給范妮・奈特：「智慧比才情洋溢更為重要，最後身邊必然笑語滿盈。」選范妮而非瑪麗，並非輕鬆的決定，也不是特別令人愉快的抉擇；但奧斯汀要告訴我們的是：我們必須這麼做。

於是，我開始試著這麼做。我離奧斯汀所設立的標準還差得遠，這點我再清楚不過了，所以我開始檢視自己，沒錯，也開始積極努力。我竭盡心力對身邊的人「有所助益」，無論是準時赴約共進晚餐之類的小事，或是稍微重大一點，比方替朋友校對論文。最重要的是，我練習坐定傾聽——老老實實傾聽。傾聽朋友、學生，甚至剛認識的人；聽人們暢其所言，

以拙劣未經潤飾的辭藻，結結巴巴地說他們的故事。故事是人們所擁有最私密的東西，專注聆聽那些故事，幾乎等於你能為他們所做的最重要的事。我從來沒喜歡過范妮的故事，但是傾聽故事是它最終教我最深奧的一課。

第五章　勸服

persuasion: true friends

真實友誼

在我躊躇不決、於社會菁英圈子時進時出的同時，絕大多數時間都花在焚膏繼晷埋首論文、延宕論文、對論文牢騷滿腹，要不然就是舉步維艱地在論文的字裡行間煎熬。沒有任何事能跟寫論文比擬。你念了將近二十年的書，其中包括好幾年的研究生涯，總有人在身旁督促、告訴你該做什麼：修這幾門課、讀這些書、回答這幾個問題。周遭總有人會與你分享經驗——課堂上與你同坐、跟你一起說老師壞話、一起為了考試念書。

然後，突然間只剩下你一個人。這就像你在樹林裡落單，手邊又沒有地圖。笨蛋，祝你好運。有辦法活著出來再留言給我們吧。你只知道你得獨自打拚五、六年，撰文的產量等同於寫一本書。你從沒寫過書，也不曉得該怎麼寫，而且很快就發現沒有人會教你，因為唯一的學習之道在於下筆去寫。除此之外，你必須創造一個主題。對了，還有，它必須百分之百獨創。

我決定以十九世紀英國小說的社群為論文題目。奧斯汀的章節寫完，緊接著是喬治・艾略特（Geroge Eliot）[1]（沒錯，曾經令人畏懼的《米德鎮的春天》，*Middlemarch*）和約瑟夫・康拉德（Joseph Conrad）的章節。這是個非常個人的決定。我人生中最重要的經歷是高中時期參加的猶太青年運動營。對大多數人而言，聽見這個活動肯定翻白眼，覺得那只是在浪費時間——認為那是父母強逼參加的怪咖節慶，與其去那種鬼地方，你寧可待在購物中心外的後方抽菸，想辦法跟男友或女友上二壘。

但是這個活動跟一般人的認知大不相同，至少對我跟我的朋友來說是如此。一切差不多是憑我們一己之力運作的——就連體驗運動的「大人」大多也才二十出頭——活動宗旨在於發掘自身的價值，以及建立自我的真實性。它也是全國性的運動，結合各團體、區域和陣營的人們，以及來自奧勒岡和伊利諾州的外地孩童。在我們可以管理的程度上，它就是全世界，或者至少是一個完整的世界觀；我們之所以齊聚一堂，是因為它給了我們在高中這個龍蛇混雜的地方所找不到的東西：被接納的感受、理想主義的出口，在比自身更大的地方尋得歸屬感。

譯註

1. 喬治・艾略特（George Eliot，1819-1880），本名瑪麗・安・伊凡斯（Mary Anne Evans），在文學上因女性身分而未受到認可，直到以喬治・艾略特這個男性化的筆名發表小說，才成為家喻戶曉的作家。知名作品包括：《河畔磨坊》（*The Mill on the Floss*），《織工馬南傳》（*Silas Marner*）。

一言以蔽之，這也是我們常用的字眼，那就是「社群」。大家共同的夢想是搬到以色列，住在集體農場，那是猶太人版本的公社。這是個與他人分享一切、在一起直到永遠的夢想。但姑且不論這個想法有多天真，那意味著當時我們夢想著社群，同時也居住在社群當中。我們會成群結隊，幾十人或者上百人一塊兒參加聚會、共度週末、一道出遊或過暑假；歌唱、遊戲、營火，以及數不盡的徹夜不眠談心的夜晚。

我們聊的是社會正義與社會行動、理想主義與身分、生為猶太人與生而為人。我們促膝長談，直到眼皮都快要睜不開，這只是個一塊兒熬夜、感受身旁有人作伴的藉口。我們將要改變世界，但在過程中也不知不覺改變自我。我在那裡結交了最知心的朋友、找到自己的發言權，並且學習思考這個世界。某個夏日我在那裡吻了初戀女友，兩年後在那裡初嘗禁果。那裡比我真正的家，更讓我有「家」的感覺。

我們的目的在於逃離高中，同時也心知肚明，許多人也在逃避家庭。青少年想這麼做是再自然不過的事，不過我和許多朋友有更多的動機。

家裡氣氛不好，但也從來沒好過。父親對我施加精神暴力，而母親同樣也深受其害。我不曉得哪個人是受害者我會比較好受。跟母親在一起的感覺，總像是最原始、最不能明言的親密關係——就算到了青少年時期，只要待在她身旁就能擁有深刻的慰藉。有時放學後我們會待在廚房，她會跟我訴說往日情懷，而那些幸福美好的往事總離不開她在認識我父親以前，從小生長到大的多倫多。（她也參加過猶太青年運動，所以完全了解它為何對我如此重要。反觀父親就比較矛盾。只要我別太認真看待集體農場那一套，他倒是樂見我參加這種活動。）儘管如此，我還是不知怎地意識到，我試著透過傾聽彌補父親對她的怒火和揶揄，一如她總是試圖保護我、安慰我。即便我們無法打開天窗說亮話，卻是對付共同敵人的秘密盟友。

但是我父親會對家人出氣，然後所有表面的風平浪靜都一筆勾銷。一涉及折磨她的方式，他的創造力就教人嘆為觀止。這是我的幼年記憶：母親走進客廳，宣布晚餐，也是她忙了一整個下午所做的晚餐，終於準備好了。父親充耳不聞，繼續讀報。彷彿只要讓她稱心如意，他就會遭到天譴。好像過了半小時吧，久到母親宣布晚餐好了的那句話開始變得跟夢境一樣虛幻——他光是把她當空氣還不夠，對吧？——我發覺自己好餓，於是放膽一問：「媽咪不是很早之前就說晚餐準備好了嗎？」

那是情感論述的層次，那一晚也算相對平靜了，因為父親一踏進家門，兩人就對彼此開火的戲碼並未上演。許多時候可見相互追擊和唇槍舌戰。多年過後的某天，我在晚餐前與女友起了口角。我坐下用餐的剎那，腸胃糾結緊繃到我幾乎食不下嚥，此刻懷舊的浪潮向我襲來。**沒錯**，我心想，**這種感覺我懂。這是長大的感覺**。

這也怪不得我像貓咪愛爬樹般，說什麼都要參加青年運動了吧？我和朋友相互依賴；在某種程度上，我們全都是潰逃的亡命之徒。

不過青年運動也有劃下尾聲的一天，因為青春遲早會結束。我跟許多朋友一樣，自己也成了念大學的「成人」——成為導師、領袖。然而，正所謂天下無不散的筵席。我們別無選擇，只能分道揚鑣，徒留我在大千世界徘徊，為那勢不可擋的經驗哀悼，不知如何才能重拾那樣的體驗。七年過後，沒想到我搬到布魯克林時，竟那麼快往反方向前進，成天宅在公寓獨居，孤獨地埋首苦讀。大學生涯老早就是過去式，研究所同學也都各自為論文打拼，而我從青年運動和別處認識的朋友，亦開枝散葉、分布全國各地。

其中一位在波士頓從事博士後研究。一位在芝加哥潛修宗教；一位在堪薩斯當媽媽了；

另一位則在加州拍電影。我最知心、比我還了解我的朋友，也是我跟青年運動的最後一條連結，在新罕布什爾州定居，展開她的設計事業。大家似乎都過著各自的人生，而且隨著年紀愈大，狀況就愈明顯。重溫同居社群和那份歸屬感的企盼，彷彿更加遙不可及。所以當我必須為論文敲定題目，便決定研究我所無法親身體驗的事物。這是典型的學術行動。既然我無法擁有社群，至少可以潛心鑽研。

搬來布魯克林兩年了，我仍然在為奧斯汀的章節奮鬥。這玩意兒就像慢性病，我唯一的慰藉就是研究所的諺語：寫完第一章，論文就等於寫了一半，因為寫了第一章，後頭自然都會寫了。

我選擇以奧斯汀打頭陣，不只因為我深愛她的作品，也因為對我而言，她似乎是我研究的完美出發點：她頌揚面貌最為原始傳統的社群——恬靜安穩的田園生活，綠意盎然、彼此認識且有歸屬感的美好所在，而這就是我試圖在現實人生重溫的寫照。我也決定把重點放在兩部我最喜愛的奧斯汀小說，不用說也知道其中一部是《傲慢與偏見》，另一部早在許久前就占據我心中特殊的地位，且愈加反映我的心境：《勸服》。

作為奧斯汀的最後一部作品，《勸服》因層次豐富的情感質地和深刻的感受，在她的小說作品中獨樹一格。基調洋溢著眷戀、愁思、秋意，投射懷舊與懊悔的氛圍，與她先前的創作大相逕庭。這部小說撰寫孤獨與失去，奧斯汀完成後不到一年便與世長辭。她寫作到一半離奇患病，病情時斷時續，拖了好久；究竟當時她曉不曉得自己將不久人世，旁人不得而知。但較為清楚的是奧斯汀在創作這部小說的同時，正邁入四十大關——《勸服》反映了感覺自己即將踏入人生另一階段的女性的成熟看法。

這部小說在她作品群裡的特別之處，於第一章就顯而易見。女主角安妮·艾略特（**Anne Elliot**）不似凱瑟琳·莫蘭或伊莉莎白·班奈特是個芳齡十七或二十、花樣年華的少女，歡欣鼓舞地躍過成年期的門檻，進入戀愛的冒險；她已經二十七歲，儘管用現代的標準看待依舊年輕，但在奧斯汀的年代卻早已過了黃金時期。可以說安妮的故事已經寫完了，而且以失敗結尾。八年前她閃電般地深愛上一位時髦瀟灑的海軍軍官：溫特華斯上校（**Captain Wentworth**）。溫特華斯是以奧斯汀的兄長法蘭克（**Frank**）為雛型。他們兩人都很年輕就晉升上校；也都曾經參與聖多明哥大戰。就連他們的名字都很相似：溫特華斯名為弗雷德里克

（Frederick）。兩人在與女友訂婚的重要決定之後，也都選擇上岸、不再四處漂流；只不過法蘭克確實在一八〇六年的夏天迎娶新娘，但安妮跟溫特華斯的戀情卻無疾而終。

他是個「非常出色的年輕人，充滿智慧、靈性和才氣。」她則是位「如花似玉的姑娘，性情溫柔、舉止文雅、品味出眾、情感豐富。」但她同時也來自一個勢利眼的貴族家庭；相較之下，《曼斯菲爾莊園》的貝特倫家族就像是社會主義者。沒有財富又不是來自名門世家的年輕人，就是沒有可取之處。安妮的父親，可憎的沃爾特爵士（Sir Walter）——惡毒、膚淺、愛慕虛榮——「認為這是一樁降格丟人的婚事」，並以「無比震驚、非常冷淡、極其沉默，以及表露出不為女兒做任何事的決心（也就是拒絕給她嫁妝），來表示完全的否定。」安妮的母親艾略特夫人（Lady Elliot），和藹而正派，她的明智判斷，使丈夫免於因為性格偏差落得最壞的下場，或許也確保正義終究會得到伸張；只不過艾略特夫人在安妮十四歲那年過世，她在安妮生命中的地位則被其摯友魯塞爾夫人（Lady Russell）所取代。

魯塞爾夫人對女主角展現她父親未曾有過的激賞——安妮的德性太過美好，沃爾特爵士這般粗鄙之人不懂該如何珍視——儘管如此，她對這門婚事卻也不顯歡喜。「以安妮・艾略特，高貴的出身、美麗的美貌、出眾的才智，居然要在芳齡十九歲棄自己於不顧！……安妮・艾略特，那麼年輕，認識她的人那麼少，竟然要被親緣關係無力、又兩袖清風的陌生人給奪走！」勢利的心態無異，只不過換了一張比較親切的面孔。於是，在沒有朋友站在同一陣線的情況下，安妮迫於壓力，只得解除婚約。溫特華斯憤怒怨恨地離去；至於安妮，她的青春凋零、心情低落，獨自一人在懊悔又無濟於事的苦痛中浪擲光陰。

光陰似箭、歲月如梭，轉眼間八年過去了，女主角歷經前所未有的寂寞，奧斯汀的其他角色都沒有她那般孤獨。就連《曼斯菲爾莊園》裡的范妮・普萊斯都有表哥愛德蒙、哥哥威廉以及姨媽貝特倫夫人懶散卻真摯的關愛。反觀安妮雖有魯塞爾夫人作伴，無論是好是壞，她是安妮僅有的伴。她從未忘懷溫特華斯上校，所以多年來回絕一位鄉紳的婚事，而且似乎沒有其他步入禮堂的機會。她的妹妹瑪麗（Mary）已婚（嫁給被安妮婉拒的鄉紳查爾斯・瑪斯格羅夫，Charles Musgrove）。她的姐姐伊莉莎白（Elizabeth）跟父親一樣冷酷鄙陋，這也是她最討沃爾特爵士歡喜的原因之一，他倆同樣令安妮敬畏。女主角在自家飽受孤立，「在父親或姐妹身邊，她無足輕重，所說的話也沒有份量可言，她的好處總被犧牲：她只是安妮罷了。」

范妮起碼可以堅守曼斯菲爾莊園，但如今安妮即將要失去自己摯愛的家園。沃爾特爵士對於尊貴的男性應享的榮華富貴看得很重，導致自己最後負債累累，不得不出租家族宅邸，舉家遷移到巴斯。不用說也知道，伊莉莎白也會跟著去，但她選的伴並非妹妹——其所具備的美德，她永遠無法體會——而是一名油嘴滑舌、叫作克萊太太（Mrs. Clay）的年輕寡婦，這個女人老是阿諛順從，深得伊莉莎白的歡心。

安妮則留在瑪斯格羅夫家，扮演奧斯汀本身再熟悉不過的老處女姨媽一角。在瑪麗這個無病呻吟高手抱怨自己有多受罪的同時，她一肩挑起照料侄子侄女的責任；她為查爾斯生氣蓬勃又可愛的妹妹亨麗耶塔（Henrietta）和露易莎（Louisa）（她們遠比安妮更像奧斯汀筆下的女主角）彈奏舞曲；她聆聽所有人對彼此的牢騷；有辦法的話，她就當和事佬；最重要的是，她會待在陰暗處，那是老處女的歸屬。她若有所思地說：「出了自己的地盤就微不足道的藝術」是一門課題；不過安妮即使**處**在自己的地盤，也一樣無足輕重。

＊　＊　＊

不用說也知道，我的處境跟安妮天差地別，不過她的孤寂和憂鬱我卻心有戚戚焉。我雙親健在、家園安好，卻不得不竭盡所能遠離這兩者。我想要一個人過，如今心想事成。我只是不太明白要怎麼樣一個人過。年輕時——上高中大學或二十出頭——你把朋友視為理所當然。他們當然永遠都在。你把**朋友**視為理所當然。結交新朋友，困難何在?然後突然間——真的讓人覺得突如其來——大家全都不見了。有的搬家、有的嫁娶，每個人都有各自的事要忙，總在你身旁圍繞的那群潛在朋友就此人間蒸發。

我還是不想結束單身生活，卻也不想獨自生活。這是安妮的處境，但現在看樣子也會在我身上重演。我還是想住在自己的地盤，遠離父親的陰影。好多時候我甚至沒有力氣面對它。我會把自己拖下床，只是四處閒坐、凝視空氣。氣氛下沉，時鐘伸出它輕蔑的指針，我養的貓望著我，彷彿納悶主人為什麼動也不動。我會覺得自己醜惡又無用。安妮陰鬱消沉——這就是為什麼奧斯汀說她心情低落——面對現實吧，我也是啊。

安妮的經驗無疑反映了奧斯汀失去家園的困境。奧斯汀的雙親在她二十五歲生日前後突然宣布父親將要退休——他已在同一教區擔任牧師四十年之久——而他們和女孩們，也就是卡珊德拉和珍，得打包上路，誠如沃爾特爵士，搬去巴斯。這個消息簡直晴天霹靂，而且沒有多少時間適應。在短短兩個月內，奧斯汀住了一輩子的家即將分崩離析。

她得向朋友告辭，拋下熟悉的世界。家裡絕大多數的物品甚至沒要一塊兒搬去巴斯，而是轉售或轉送給奧斯汀兄長詹姆士（James）及其妻安娜（Anna），他們將接管這棟房子：奧斯汀練彈的琴；家裡多年來與她作伴的圖畫和家具；她父親的書房——「我的愛書」，她是這麼稱它們的，那些藏書對她究竟有多少價值，我們也只能自行臆測了。她還得被迫放棄一項重要的私人物品，她憤憤不平地違抗此舉。「既然我做不到慷慨大度，」她在寫給卡珊德拉的信中如是說：「在我自己下決定前，不會把櫥櫃給安娜。」過慣鄉間步調和安穩生活的她，被催著離開唯一熟悉的家園。

動盪不安、需要適應的四年過去了，緊接而來的另一項打擊與安妮的故事相互呼應：奧斯汀親愛的父親過世了。「失去這樣的親人，一定痛徹心扉，」她在寫給法蘭克的信裡這麼說：「否則我們就禽獸不如。」「誰能夠充分理解他為人父的溫柔？」奧斯汀的母親雖非沃爾特爵士，卻是個患臆想病的難纏女人，奧斯汀會拿她對卡珊德拉開玩笑；作者的最愛應該是她的父親，一如安妮的最愛是她的母親。

奧斯汀牧師死後，奧斯汀的母親和女孩們又過了不安定的四年，才找到一個永久的安身之處。這名早在二十四歲前便完成三部小說——《傲慢與偏見》、《理性與感性》和《諾桑覺寺》的初版——的年輕女子，整整八年在藝術上來說，可謂沉默寡言。唯一倖存的著作，也就是一部名為《華森家》（*The Watsons*）的小說，不過故事才開頭寫了幾十頁就被棄置了。奧斯汀是否因為前幾本作品的命運而心灰意冷呢？（《傲慢與偏見》連看都沒看就被拒絕，《諾桑覺寺》雖被出版社以十英鎊買下卻從未出版。）她是否需要安穩的日子才能創作？

以上兩個問題的答案無疑都是肯定的，但安妮的故事讓我們懷疑這位昔日情感奔放的年輕作家，同樣身受抑鬱之苦。「華森家」的故事在講一群窮苦的未婚姐妹，試圖在臥病的牧師父親辭世之前脫離赤貧——與珍和卡珊德拉的處境驚人地雷同——這部未完成的小說得到「陰鬱」、「淒涼」和「悲觀」的評價。有位評論家曾說奧斯汀「似乎與一種罕見的鬱悶、一種威嚇她文風的生硬與沉重而奮戰。」而這是在她父親過世**之前**所發生的事——父親去世的前兩個月，打從奧斯汀兒時便扮演她人生中關鍵性人物、地位宛若生母的安妮・勒弗洛伊（Anne Lefroy）也離開人世。怪不得她提不起勁寫作。

另一項際遇肯定也帶給奧斯汀描繪安妮的靈感，以及小說整體憂鬱的氣氛。奧斯汀在二十七歲左右，跟女主角同年，拒絕了一樁姻緣，想必她也知道那是她步入婚姻的最後一次機會。那位仁兄可能是哈里斯・彼格威瑟（Harris Bigg-Wither），他是家族三位老友的兄弟，同時也是一座大莊園的繼承人，這位靦腆而笨拙的年輕男子比奧斯汀小五歲。她某晚答應他的求婚，徹夜痛苦掙扎，並於隔天早晨取消婚約。她肯定知道那是決定性的一步棋。奧斯汀的傳記作家克萊兒・托馬林（Claire Tomalin）表示：從那一刻開始，「她便迅速邁向中年」，就此了卻塵念，擁抱未婚姨媽的角色。她雖不寂寞，但在深層的意義上，她會孤單一輩子。如今在安妮身上，她創造了一個面臨相同困境的女主角。

小說以金秋時節開頭，以及不似奧斯汀筆下的其他女主角，安妮老沉湎於過去和她自己的思緒，這兩項特色都絕非偶然。有回安妮和亨麗耶塔和露易莎・瑪斯格羅夫，以及其他青年男女一道散步，其他人絮叨不休的同時，安妮則眷戀不已地沉思即將走到歲末的一年。奧斯汀的文字瀰漫著異乎尋常的情感，平時反諷的語調幾近違背它們的意志，落入更為緩慢愁思的節奏。我們得知這次遠足能帶給安妮愉悅的，

> 肯定來自於運動和白晝，以及黃葉與枯萎籬笆所展現的年終最後一絲歡顏，還有

> 她反覆背誦有關秋意的許多現存詩篇片斷，——這個季節對於有鑑賞力且心地柔軟的人來說，有獨特而無窮無盡的影響，——這個季節吸引每位才華洋溢的詩人下筆，有的描繪它的景色樣貌，有的在字裡行間流露情感。

當某事打斷了她的思緒，提醒她未能融入那群手舞足蹈的年輕人，「秋天的明媚風光也暫且被遺忘，除非包含對歲末有貼切比喻，幸福即將消逝，描寫青春、希望，及春日全都一去不復返的柔情十四行詩，幸運地在她腦海浮現。」

然而，當時有另一件與眾不同的回憶湧上心頭。沃爾特爵士舉家遷至巴斯時，將艾略特宅邸租給克勞福司令官（Admiral Croft），沒想到他的妻子不是別人，正是溫特華斯上校的姐姐，而上校是女主角八年前深愛卻又失去的男子。「再過幾個月，」當安妮得知這個消息，便對自己低語：「**他**或許就會在這裡散步呢。」

事實證明果真如此。會面令人畏懼，這一刻到來時，

> 安妮千頭萬緒、五味雜陳，其中最令她慰藉的感受是會面很快就要結束……她與

溫特華斯上校幾乎要四目相交，上校鞠躬致意，安妮曲膝行禮；她聽見他的聲音……屋內似乎塞得滿滿的，摩肩接踵、喧嚷嘈雜，不過幾分鐘後便全都結束了。屋子變得空盪盪，安妮可以沒有顧慮地用完早餐了。

「結束了！結束了！」她窮極緊張卻心懷感激，一而再、再而三地對自己說：「最糟糕的已經結束了！」

瑪麗在說話，但她卻無法聚精會神地聆聽。她看見他了。他倆相逢了。他倆竟再一次共處一室！

可是很快地，她便開始說服自己，試圖壓抑自己的情感……

啊！她發現再怎麼說服自己，這份持久的感情，即使過了八年也不算長。

然而，假如對安妮來說，往事不斷重溫、歷歷在目，她的前未婚夫心頭的滋味卻大相逕庭。「亨麗耶塔問了上校對妳的看法，」瑪麗用她消極挑釁的口吻說：「他回答：『她簡直變得讓人認不得了。』」

儘管會面教人心煩意亂，溫特華斯的到來卻逐漸使安妮脫離家庭的愁雲慘霧，認識一群截然不同的朋友。溫特華斯的軍中同袍及好友哈維爾上校（Captain Harville），目前跟妻子住在濱海的萊姆港鎮附近。當亨麗耶塔和露易莎、查爾斯和瑪麗、溫特華斯和安妮大夥兒決定拜訪他們，女主角發現一種她從未察覺的歸屬感。

哈爾維上校的妹妹曾與第三名軍官本威克上校（Captain Benwick）訂婚，但小倆口還沒來得及結婚，她就過世了。不過安妮發現：「那個事件雖然使他們失去聯姻的希望，但他們之間的友誼似乎因此更為深厚，而如今，本威克上校全然成了哈維爾家的一份子。」就是這樣的口吻，這樣的話，記錄著這群海軍同袍的情誼。當溫特華斯向姐姐，也就是克勞福司令官之妻，抱怨女人太過嬌弱、不宜登船，過去伴隨丈夫搭船航行多次的她，指出溫特華斯曾經讓哈維爾上校的妻子和小孩上船。「你那種對女性細膩非凡的殷勤又跑哪兒去啦？」她調侃道。「全都融入我的友誼啦，」溫特華斯答道。「我會竭盡所能地幫助軍中弟兄的妻子，而且只要是哈維爾想要的，就算天涯海角，我也會幫他弄來。」

此外，當哈維爾夫婦在萊姆港與訪客碰面，「因為這群人是溫特華斯上校的朋友，所以他們也想把大家當成自己的朋友，這真是無比欣喜的願望；他們殷切懇請大家共進晚餐，這也是無比親切的招待。」而當「大家跟著新朋友到他們家，」訪客「發現屋裡的房間小到不能再小，倘若不是打從心底竭誠邀請的東道主，是不會想到這裡能容納這麼多客人的。」「友誼」、「友誼」、「朋友」、「朋友」：女主角並沒有漠視這個重點，但她愈是為眼前所見的景象歡喜——上校們和哈維爾夫人愈是展露他們相互的熱情、慷慨和善意——她就愈是傷感。「『這些人應該全都成了我的朋友，』她心裡是這麼想的，可是她得克服自己陷入低潮的傾向。」

＊　＊　＊

安妮在萊姆港發現她尋尋覓覓不自知的事物：歸屬感。我前所未有地深思這部小說，思索它形容人們如何彼此連結、彼此歸屬，並且發覺「這群朋友」正是奧斯汀心目中的社群。

原來我一直在她的小說及我自己的人生中找錯方向了。我翻閱奧斯汀的作品，幻想自己會找到那個大家朝思暮想的鄉間田園社群。我也有那麼點以為，假如有朝一日我找到另一個社群，那肯定與書裡的模式相去無幾。如今我明白現代社會的社群，絕對不是你控制得了的規律的、穩定的、永恆不變的構造體。它不像集體農場或公社，這兩者都犯了試圖回到過去的錯。它也不像青年運動，它誠如年輕人經歷的其他社群（讓我後來眷戀不已）——高中或大學，球隊、兄弟會或夏令營——這種無所不包的環境，只有在我們年輕時期才會存在。我開始了解現代社會太過動盪不穩，現代人的關係太過流動，所以那樣的社群是無法存活的。在我看來，對現今的成人來說，朋友圈是唯一的社群。

儘管如此，時光流轉，經過兩百年，來到現代社會，再加上奧斯汀的啟發，對我而言是相對容易領悟的。她是如何在現代性才剛起步的年代，在英國鄉間的小地方，設法領悟這個道理，才教人嘖嘖稱奇。奧斯汀排拒在外，或者至少告別的社群，就是英國鄉間：也正是我盼望能在她字裡行間尋得的社群。排拒自鳴得意、裝腔作勢的沃爾特爵士，以及《曼斯菲爾莊園》裡貝特倫家族所體現的階級制度、封建次序。向它的根深蒂固、密不可分與延續性告別，如今我發現她確實頌揚過這些特點，不過只有一次，在她唯一真正的田園作品《艾瑪》裡出現。

令人匪疑所思的是，奧斯汀寫完《艾瑪》後就緊接著創作《勸服》。《艾瑪》完成後只隔四個月，她就下筆撰寫《勸服》。但奧斯汀的思緒奔逸絕塵。她從不受時間影響的英國，躍進正處於劇烈改變的英國。《艾瑪》沒有標明背景年代，彷彿不是真實歷史發生的事。《勸服》開場於紛亂的年代，背景設定於非常明確的歷史年份：拿破崙戰爭結束。奧斯汀以超凡的洞察力發現她所熟悉的世界，正要開始消失。無論有多緩慢，古老的秩序正逐漸轉為新的秩序。沃爾特爵士打包行囊，將宅邸租讓給克勞福司令官。貴族階級屈服於精英管理階級，高低貴賤轉為平等一致。人們愈來愈少以主僕或房東房客（或者甚至以不平等的傳統觀念看待夫妻）的身分建立關係，改以朋友跟朋友的角色相互連結。

然而，我發覺奧斯汀摒棄的，不只是《勸服》裡沃爾特爵士凌駕溫特華斯上校的那套傳統體制。雖然令人難以置信，但她似乎也迴避家庭本身。安妮受到那群海軍男女夥伴的吸引，希望餘生不用再忍受可鄙的父親和姐妹。事實上，隨著小說的進行，她就愈加疏離家人。造訪萊姆港的旅程結束後，她回到巴斯陪伴沃爾特爵士和伊莉莎白的日子終於到來。這雖然並非任何人所樂見，但她總不能一直待在妹妹瑪麗的家，不過當她抵達巴斯，卻盡可能少花時間待在父親和姐姐身邊，反倒一心一意跟那群新結識、也會來巴斯度假的海軍弟兄眷屬相處。

的確，安妮對家人的不滿已來到極致頂峰。小說的後半段，她聽說一個嚴重威脅到父親和姐姐寧靜生活的陰謀。一般來說，女主角應該會急著散布消息、避免災難發生，所以那樣的發展變化會是小說情節的中心。然而，她卻從未抽空傳遞消息。她的家人對她而言再也無關緊要。

我很納悶怎麼會發生這種事。奧斯汀這位偉大的浪漫小說家、了不起的婚姻締造者，怎麼可能反對家庭？然而，當我回顧她的其他作品，竟發現故事中鮮少出現幸福美滿的家庭——依我計算，共有十個不幸家庭，而幸福家庭才出了一個（也只有艾瑪和她的父親算是婚姻下的產物，也大概稱得上家庭）。此外，儘管她書中的女主角與情人總能終成眷屬，故事卻從未從甜蜜的兩人世界延伸到之後錯綜複雜的親子戰爭。據說她本身的家庭幸福美滿，她和侄子侄女顯然也相處得和樂融融；只不過她心目中的幸福，卻總局限在成人之間的聯繫——愛侶、朋友和他們形成的小圈圈、形成的社群縮影。

有一回我在《勸服》中察覺這個模式，便發現舉目所及它無所不在。是的，奧斯汀一定會幫她的女主角找到如意郎君，而且還費心盡力為他們量身打造一個社群——在他們婚姻生活中，夫妻兄弟姐妹共同的生活圈。《傲慢與偏見》並非以一場婚禮劃下句點，而是以兩場婚禮收尾：一對姐妹花嫁給兩個朋友，他們的兄弟姐妹也齊聚一堂。《艾瑪》的結局有三場婚禮，而我們也得知女主角的婚禮挾帶著「祝福、希望與信心，預料將有一小群知己好友見證他們的婚禮。」這也難怪有位評論家將奧斯汀眼中的友誼稱為「人生中的真光」。

奧斯汀告訴我，朋友即是你選擇的家人。縱使這個概念後來成為老生常談的陳腔濫調，我卻發覺奧斯汀的眼光其實看得更遠。我們使朋友成為家人，同時也讓家人，或者某些家人，成為朋友。《曼斯菲爾莊園》裡的威廉・普萊斯是范妮的「兄長兼好友」。《諾桑覺寺》裡的凱瑟琳・莫蘭與提尼家族（Tilney）的亨利和艾莉諾結識，他們互為朋友，跟他們表裡不一的兄長卻涇渭分明。伊莉莎白・班奈特跟珍及她的父親都是朋友，卻受不了她的母親及其他姐妹；《傲慢與偏見》尾聲形成的社群包含一些親戚，但刻意將其他人排除在外。

奧斯汀告訴我們，安妮找不到任何理由羨慕亨麗耶塔和露易莎・瑪斯格羅夫，也就是她妹妹瑪麗的小姑——才智平庸、但討人喜歡的漂亮姑娘——只有一點除外：「她們之間似乎充分了解、感情融洽，對彼此的親情真切友好，這是她和自己的姐妹幾乎感受不到的東西。」奧斯汀著作中少數的幸福家庭之一：哈維爾一家，將本威克上校視為家裡的一份子；海軍朋友的小圈圈還包括這對姐弟：溫特華斯上校和克勞福太太。奧斯汀對我展現的是：友誼和家庭的界線模糊——團體相融、情感混合。

最能體會這個道理的非奧斯汀本人莫屬。在她的書信中處處可見：家庭和友誼的措辭和強調重點緊密結合。她接受哈里斯・彼格威瑟的求婚，雖然後來很快就發現那是一個錯誤，但那股衝動肯定源自於與他的姐妹、她的朋友共組一個家庭的嚮往。不用說也知道，她自己的姐姐卡珊德拉是她一輩子的摯友，但她最疼愛的侄女早在十五歲那年就贏得奧斯汀友誼圈的入場券。「妳所描述的范妮令我欣喜至極，」珍給卡珊德拉的信是這麼寫的。「夏天我和她重逢，發現她跟妳形容的一模一樣。她對我來說就像另一個姐妹，我怎麼也料不到侄女對我竟然如此重要。」

後來，范妮二十來歲那段期間，侄女與姑姑之間魚雁往返，親密友誼在字裡行間表露無遺；在其中一封書信中，奧斯汀欣喜地寫下：「妳絕對無法想像，能夠透徹了解妳的內心世界，我有多麼高興。」但是她又繼續寫下她對友誼圈有朝一日會破滅的恐懼：「哦！等妳嫁作人婦，將會是我多麼大的損失哪。」在奧斯汀過世之後，卡珊德拉寫信給她的侄女，她很清楚這番話是為她們兩位仍存活世間的人所說的：「為了我們失去的親愛的她著想，現在妳對我來說是雙重的珍貴」──「我失去了一項珍寶，這樣的妹妹，這樣的朋友，地位永遠無人能及。」

珍和卡珊德拉的家，兩姐妹與母親共同生活、亦是奧斯汀度過人生最後十二年的家，跟哈維爾家族一樣，本身即是由親友組成的小社群。本威克上校的角色由瑪莎・洛伊（Martha Lloyd）扮演，除了姐姐之外，跟奧斯汀最親的就是她。奧斯汀還是少女的時候，她倆曾一塊兒在床上談笑；珍的父親過世那年，瑪莎守寡的母親也離開人世，所以瑪莎搬去跟奧斯汀母女同住——這樣的安排在當時並不罕見。她待在那裡直到嫁給奧斯汀的兄長法蘭克為止。瑪莎被珍拖去劇院，聆聽作者對政治、皇室醜聞和她個人事業的看法，誠如珍對卡珊德拉所說的，大體而言，「她無論在任何情況下都是好朋友、好姐妹。」

或許朋友是你選擇的家人，但我跟身在萊姆港的安妮同樣打不進那樣的友誼圈。事實上，我跟她一樣，就連尋覓一個朋友都有困難了，更何況是一整群朋友。在我不知不覺中，物換星移。人們不只變得更忙，而且也不像以前願意敞開心胸。朝氣蓬勃、適應力強、渴望經歷新的體驗，認識新的人、以及奧斯汀在《諾桑覺寺》所頌揚的美好，似乎都隨著我們拐個彎、邁入三十大關而逐漸枯竭。你再也無法像十五歲、二十歲，或甚至二十五歲那樣，一遇見某人就跟他交上朋友。我現在遇見的人，那些潛在的朋友，似乎更為謹慎、較不輕信他人、防衛心也變得更重。交朋友變成一項浩大的工程，宛如什麼高階外交協商，或者一次只能裝填兩三片的複雜拼圖。

奧斯汀本人過分在意友誼，以至於把它想得太美好。她對范妮・普萊斯在《曼斯菲爾莊園》提到的「世上不同種類的友誼」一清二楚，而且打從還是個姑娘起，就開始撰寫那些友誼。在她的青春期，這種形式被稱為浪漫的友誼關係——矯揉造作的熱烈愛慕之情，用以炫耀你對細緻感情的敏感。她青少年諷刺文學最著名的〈愛情與友誼〉（Love and Friendship），（誠如維吉尼亞・吳爾芙所作的評論：「這樣的主題，她下筆如飛，文思泉湧、比拼字更為敏捷。」）是要用來戳破那樣的陳腔濫調：

> 三個禮拜都沒見著所謂真正的朋友，……可以想像當我看到一位最值得冠上「真實朋友」一詞的人出現，是多麼心神蕩漾、渾然忘我……她心思敏感、情感豐富。我們相擁，在說完對彼此終生友誼不變的誓言之後，立刻互訴內心最深處的秘密。

我們只能憑空想像奧斯汀對於臉書、我的空間或推特，以及它們即時拉近人與人距離的類似幻覺。在《諾桑覺寺》中，伊莎貝拉・索普也試圖跟凱瑟琳・莫蘭這樣拉近關係；但是奧斯汀在後來的著作中，對於友誼的描述則來到成人形式的虛偽。她知道趨炎附勢者可以在友誼和婚姻中動手腳、施展威力，而且《勸服》的故事裡充斥著那樣的人。溫泉鄉巴斯就是浸在滿滿一池攀龍附鳳的微溫水中。油嘴滑舌的寡婦克萊太太，纏上伊莉莎白・艾略特，想知道這樣能攀上多高的枝頭；她的終極目標是誘騙沃爾特爵士再婚、娶她為妻。我們可以確定，一旦她的詭計得逞，這位新任的艾略特夫人絕對不會對她的「朋友」必恭必敬、百般順從。這種認為可以從你身上得到好處之後，便收起笑臉的人，我們有時會稱之為「亦敵亦友」。

然而，小說中最會阿諛奉承的，其實是沃爾特爵士本人。我一想到這裡，便豁然開朗，一切都說得通了。任何會耗盡心力區分社會階級的人，肯定對階層高者逢迎拍馬，對階層低者輕蔑鄙視。誠如恃強欺弱的惡霸，實為喬裝的懦夫，勢利鬼私底下都是卑恭屈節之人——這是奧斯汀如此喜愛貴族階級的另一個原因。沃爾特爵士特別崇敬的對象是一位遠親：達爾林波子爵夫人（Viscountess Dalrymple），及她的女兒卡特蕾特小姐（Miss Carteret），結果這對平庸的母女檔除了家世之外，對他們其實也無足輕重：

> 安妮從未見過父親和姐姐跟任何貴族往來，也不得不承認她為此感到失望。以前她從他們自認社會地位崇高的想法上，期待得到更切實的東西，如今卻被迫萌生連自己都始料未及的一個願望——希望他們能有更多的自尊心，因為「我們的親戚達爾林波夫人和卡特蕾特小姐」，或「我們的親戚達爾林波一家」之類的話整天在她耳畔迴盪。

然而，最有可能被沃爾特爵士或克萊女士的友誼蒙騙的，就是他們心目中的目標，因為那些人最易受阿諛之辭影響。奧斯汀要我們了解，更危險、更隱伏的，其實是立意良善但分不出究竟是對你好，或只是對他們好的那群朋友。魯塞爾夫人就是那種朋友，安妮跟她這位地位宛若生母的唯一密友之間的關係，最教人悲傷的是：女主角是多麼地尊重她，卻又多麼吝嗇接受她的缺陷。先前，安妮心想：「結交魯塞爾夫人如此悲天憫人的朋友，是天大的福氣」，但那也只是她在瑪斯格羅夫家得到無動於衷的回應之後，才心有所感（「出了自己的地盤就微不足道的藝術」課題）。就連她妹妹瑪麗，在面對交讓家族地產這個令安妮痛苦數週的創傷，都一副事不關己的模樣。任誰跟她相比都是善良。

但也是這位魯塞爾夫人迫使女主角犯下她這輩子最嚴重的錯誤：推掉溫特華斯上校的這門婚事。當然，她這麼做是自以為理由充分。儘管如此，到了小說後半段，當同樣的戲碼再次在她眼前上演，教人不可置信的是，她居然給了相同的建議——即便她非常清楚安妮這些年來多麼孤單、過得多麼淒涼。但當下就連安妮也能看清真相。無論魯塞爾夫人自己有無意識，她這麼做實為保衛自身的尊嚴，而非她朋友的尊嚴。其實她不想要讓**自己**跟海軍軍官那樣地位卑微的人扯上關係。

畢竟她這個女人，也認為討好達爾林波子爵夫人是個非常不錯的主意。的確，當女主角深入檢視這位朋友，便知道魯塞爾夫人跟她自己的父親，對於階級、禮數、做人真正重要的要素的看法，實則相去不遠。於是，一旦安妮對往後該怎麼過生活下定決心——不受任何「朋友」的左右——倘若魯塞爾夫人想要繼續和女主角交好，「她該做的正是承認先前自己大錯特錯，並接受新的見解。」講白一點，安妮要魯塞爾夫人滾到一邊涼快去。女主角離開了父親和姐妹身邊，如今也堅強到足以疏遠阻擋她幸福之路的任何人。

這種事我當年見多了——自以為在守護你幸福的朋友，其實只是想要保護他們自己的幸福。那些人逼你跟他們不喜歡的對象分手，或跟他們喜歡的人交往。希望你跟他們一樣步入婚姻的殿堂，或因為他們不想成為剩男剩女而叫你也維持單身。我相信我也幹過這種事。一如奧斯汀的了解，人們並不是蓄意為之；但你需要深刻自覺，並且寬宏大量，才能將一己的欲望從方程式中移除。

不用說也知道，引薦我進入富家子弟社交圈的那對夫妻，既沒有多少自覺，亦不太慷慨大度。當我提起某段新戀情，他們說：「謝天謝地，那段終於結束了！」「那段戀情」指的是我一連串的戀愛挫折，也是我曾拿來自娛娛人的爆笑故事來源。無論那番話是多麼出自好意，錯不了的是，它在無形中施加壓力，讓我很難好好交往下去；在此同時，隨著日子一天一天過去，我的戀情也在幾個月內變質。「『那段』應該結束的；我不能『復合』，讓他們失望啊。」當我最後終於分手，他們的回應即便無疑是出自好意，卻完全安慰不了我。「我們很遺憾以後沒有小比利在這裡跑來跑去了。」等等，現在是怎樣？你的意思是我玩完了嗎？聽起來他們確實這麼認為，彷彿我就這樣向他們清楚證明自己有多無藥可救。

奧斯汀認為，真實的友誼跟真愛一樣難尋。「人面對考驗的時候，或許會呈現人性偉大的一面，」《勸服》中一位角色如是說：「但一般而言，我們所耳聞的大多是自私與不耐煩，而非寬宏與堅忍。世上真實的友誼何其少啊！」作此言論的是史密斯太太（Mrs. Smith），她的生活艱困難熬。「她經歷了，」安妮深思：「人生的黑暗面，所以認為這個世界並不如她所企盼的美好」——也就是說：不如安妮所企盼的美好。但她唯一能做的就只有——企盼。她知道「在世上經過許多大風大浪」的史密斯太太，人生閱歷遠比受盡呵護的女主角本身豐富許多。再怎麼說，縱使她認識那群海軍朋友，自身的經驗還是少到難以質疑抗衡另一位女子的見解。

不過安妮跟史密斯太太的關係，結果竟成了千載難逢的真實友誼。兩人在寄宿學校相識，安妮當時被送到學校，適逢母親剛與世長辭，她「因為失去親愛的母親而悲痛，因為離鄉背井而感到孤寂，又為了敏感憂鬱的十四歲少女在這樣的時期一定會煩惱的煩惱，而過得很不快樂。」現在的史密斯太太比她年長三歲：「曾經對她展現仁慈，……對她有所助益又友善，大大減輕安妮的痛苦。」有所助益和友善——奧斯汀在《曼斯菲爾莊園》所擁護的也是同樣的人性準則，這兩者的重要性對她而言，再多的機智風趣都比不上。

如今變成史密斯太太需要別人展現仁慈了。她是個寡婦、經濟拮据、而且不良於行，安妮與她重逢時，她住在只有兩房、陰暗又不舒適的租屋處，幾乎連請人攙扶她在屋內行動的錢都湊不出來。聽聞女兒開始跟這樣一個人見面時，沃爾特爵士無法相信自己的耳朵。「『西門區！』他說：『安妮・艾略特小姐要到西門區去拜訪誰呀？史密斯太太。史密斯未亡人……這位太太究竟有何吸引力？想必她一定又老又病吧。哎呀，安妮・艾略特小姐，妳的喜好也太異於常人了吧！』」

不過，到頭來最真誠的友誼表現，卻在史密斯太太身上體現。原來她知道某件事：那件事跟與安妮親近的人有關，但礙於正當性，以及更重要的是，她一己迫切的私利，所以她不該揭露真相。然而有鑑於安妮個人的福祉，她還是選擇不吐不快。史密斯太太並非聖人。她也經歷過天人交戰。面對困苦的生活處境，她仍懷抱一絲改善的希望，但揭露她所知道的真相，就會使最新、也是最美好的希望就此破滅。對她來說，倘若能乖乖閉嘴，才是萬無一失。但她深吸一口氣，知無不言，言無不盡。

＊　＊　＊

把朋友的福祉擺在第一位：這就是奧斯汀心目中的真實友誼。這意味著犯錯時勇於認錯，但更重要的是，它也代表當朋友犯了錯，你願意指正錯誤。我花了好長的時間才理解這個概念，因為它悍然違抗一般對友誼的定義。人們認為真實的友誼意味著無條件的接受與支持。真正的朋友承認你的感受，一有爭執總站在你這邊，無時無刻幫你建立自信，而且從不批評你。但是奧斯汀不信這一套。對她而言，幸福意味著成為一個更好的人，成為一個更好的人意味著：有人為你指正錯誤，而且讓你無法視若無睹。沒錯，真正的朋友希望你得到幸福，但幸福跟自我感覺良好是兩碼子事。事實上，這兩者有時候恰好相反。真正的朋友不會蒙蔽你的雙眼，讓你無視於自己的錯誤，而是直言不諱：就算冒著失去你友誼的風險也在所不惜——這也代表他們甘冒自己失去幸福的風險。

這個我所信奉的驚人新概念，在我終於寫完奧斯汀章節的那年夏天接受檢驗。我大學時期的死黨後來到另一個城市念研究所，隨著時間流逝，我開始覺得自己愈來愈不認識他了。絕非不是因為我們失了聯繫，而是因為我們聯絡的時候，關於自己的事，他好像從不坦白。絕非巧合的是，根據幾次見他的印象，我漸漸發現他的酗酒問題相當嚴重。

某個週末他回到紐約，我們安排一晚見面聊聊近況。當時他的妻子對他飲酒有諸多責難，但我保證只是到本地酒吧小酌一杯無傷大雅的啤酒——或者至少出發時，我們都是這麼以為的——這樣她才願意放行。

結果呢，我們開頭暖場輕鬆對話還沒講完，他已三杯黃湯下肚。第二杯喝到一半，他就完全沒跟我對話，至少就私事來說是如此。不久後，我便試圖盡快讓那一晚劃下句點，最想做的一件事就是叫計程車回家。但他堅持開車送我，彷彿只是為了維持一切都好的假象，我不敢跟他唱反調，只好順著他的意。

在回家的路上，他拐錯彎，最後——真是有夠巧的——來到我們以前在東村常聚的老地盤。我們非得進藍與金（Blue & Gold）酒吧一趟，重溫往日情懷，不是嗎？於是他點了杯波本威士忌，我則啜飲啤酒、從旁觀察，不知這個傢伙究竟怎麼了。接著他再來一杯，然後搞什麼鬼啊，還要一杯才上路。

我們都設法平安無恙地返家，但到了隔天，我不知該如何是好。怒氣一消，我才發現那晚搞砸了，其實我也該負點責任。再怎麼說我們都是大學時期的麻吉，在面對他近況如何此類嚴肅話題時，卻怎麼樣都開不了口。隔週我試著寫信給他，開頭一如往常輕鬆愉快，再次假裝什麼事都沒發生，但我又慢慢減速暫停。我們之間有個明明存在、卻被刻意迴避的問題，而我終於明白這件事如果不談開，其他事也甭提了。

我又花了一個月才鼓起勇氣再度嘗試。這回我甚至沒說他得處理他的酗酒問題。我只是說我覺得我們好像不再是朋友了，而這實在是太可惜了。其他的話盡在不言中，但我知道他會懂的。

幾個月過去了，他音訊全無。我以為這段友誼就此終結，沒想到等他後來跟我取得聯絡，卻跟我說他不再醉生夢死、加入了戒酒無名會等等，而且我的信是他做此改變的原因之一。很少有事能如此讓我快樂驕傲。但我心裡一清二楚，那封信還有另一位作者，那就是奧斯汀。

無論能成為別人真正的朋友，我有多麼開心，更教我開心的是，我也一直有位真正的朋友相伴。她是我青年運動營碩果僅存的朋友，比我更了解我自己。她老教我不爽的是：她很愛直言不諱地指出我所做的蠢事。好比說，有次我準備拿她朋友歐諾（Honor）的名字開個白痴的雙關語玩笑，她卻打斷我的話：「比利，這些她早就聽過了。」她總是盡量避免冒失唐突，但這些話聽起來還是一樣刺耳傷人，讓我感到自己的渺小愚蠢。只有當我從奧斯汀那兒一方面了解何謂羞辱，另一方面學到友誼的真諦，才發現多年來朋友對我的鞭策指責，我有多少理由要感謝她。她一直設法讓我上得了枱面——也許她認為我可以成為這樣的人——而且她對我有信心，相信有朝一日我會脫胎換骨。

不出我所料的是，以前人們會問我們為什麼不乾脆交往算了。這個問題讓我火大。難道男女之間不能有純友誼嗎？一般的想法顯然不是如此。我終於看了電影「當哈利碰上莎莉」，最後卻發現整部電影的重點只在於男女之間不可能有純友誼，「因為『性』從中作梗」。這個道理我放眼望去，無所不在。異性或許會聲稱「只當朋友」，但放心吧，那個訊息底下總是暗潮洶湧。

這個看似普遍的看法最令人討厭之處在於：它暗指男女對彼此真正有興趣的**只有性**。談天、合作，或任何一般的活動，似乎絕無可能。彷彿我們不只是性別不同，而且根本是不同種類的生物。

這個嘛，是奧斯汀拒絕相信的另一個概念。事實上，據我所知，她是挑戰此概念的先驅之一，而她最直接的挑戰就在《勸服》一書展露。在萊姆港的那趟旅程中，待人們正式相互介紹——一邊是安妮、瑪麗等人，另一邊是哈維爾夫婦和本威克上校——女主角似乎時常發現自己跟本威克在一塊兒。他們有許多共通點。兩人都為失去的愛而悲傷，安妮和本威克分別為溫特華斯和未婚妻、也就是哈維爾上校已故的妹妹哀悼。兩人都靦腆溫和又細心體貼。而且他們原來都喜愛讀詩。不只一次，亦非兩次，而是三次在傍晚和早晨「安妮發現本威克上校正靠近她……安妮發現本威克上校再次接近她」——兩位同樣單身、沒有感情束縛的年輕男女，由衷深刻地談論當天最喜愛的詩人：拜倫勳爵（Lord Byron）[2]和華特・史考特爵士（Sir Walter Scott）。

然而，雙方都沒有對彼此擦出任何火花。奧斯汀挑戰我們，看我們是否認為他倆會進一步交往，而她這麼做是為了給我們上一課。一對男女，即便青春洋溢且單身，也可以談話交心、相互理解、相互體諒、相互吸引，甚至誠如安妮和本威克，在沒有來電的情況下分享私密的想法和感受。換句話說，男女之間是有純友誼的。

本威克並不是女主角唯一的男性友人。哈維爾上校是另一位，身為已婚男子的他，或許相對安全，但跟女人結交朋友卻同樣罕見，就算在今天，也很可能引人側目。兩人交鋒的場面接近小說尾聲。哈維爾在人群中央，「態度真摯、平易近人又親切，給人一種跟他認識更

2. 拜倫勳爵（Lord Byron, 1788-1824），英國詩人及作家，引領風騷的浪漫主義文學泰斗。

久的感覺」，邀請女主角跟他聊天。他們很快便轉向兩性誰對愛情比較忠貞不移的話題。男人跟女人，誰的愛比較持久？誰又愛得比較深刻？兩人當然為各自陣營辯護，直到哈維爾提出他認為最具決定性的證據：

「請聽我說，所有的歷史、所有的故事、散文和詩詞都反對妳的看法。倘若我的記憶力有本威克那麼好，就能馬上引述五十個句子支持我的論述。況且，我這輩子所看過的書，應該沒有一本沒提到女人的反覆無常。歌曲和諺語全都論及女人的善變。不過或許妳會說這些書全都是男人寫的。」

「或許我會這麼說。是的，沒錯，請不要特別引述書上的例子。講到說自己的故事，男人總是比我們占優勢。他們所受的教育比我們高出許多，筆就握在男人手中。我反對拿書來證明任何事。」

「筆就握在男人手中」：但這句話再也不是事實。這是振奮人心的一刻——奧斯汀高聲宣布自己作家的身分，她在英國小說的土地上植入女性主義的一面旗。但這一幕並非塑造女性主義的論點，它**本身就是**女性主義的論點。安妮和哈維爾在對話中享有同樣的立足點，在相互尊重、互有好感、彼此珍視的情況下辯論。奧斯汀要告訴我們的是：男女是可以平等的，所以男女也可以成為朋友。

幸好，值得高興的是，這點我早就知道了。（這是我在青年運動營學到的道理之一。）而我正是透過那位摯友，最後開始被納入我多年來夢寐以求的某個友誼圈，某種流動的社群。她研究所朋友的家人在東北部有棟房子——你心目中那種可愛的舊宅邸，陽台寬敞地展開，宛如外婆的裙擺，以及一間愜意的大客廳，從前房子歸鎮公所擁有時，他們曾在這裡舉辦舞會。整個處境跟《勸服》的情節相似到令人不可思議。房子傍水而立，誠如萊姆鎮。（事實上，它離康乃狄克州的萊姆鎮不遠。）家人是屋主的那位仁兄本身是水手，在性格上：虛張聲勢地講究實際，以及衷心的溫暖；在海軍弟兄中，這些特質帶給安妮的無比樂趣。一如哈維爾，他發自內心地邀請大家。一如哈維爾，只要想來的，他無不善盡地主之誼；只要來的，無不成為朋友。簡言之，他一如哈維爾，讓你賓至如歸。

天氣暖和的週末，他的朋友會從東北部各地來到此處。我會從紐約北上，我的朋友會開車從新罕布什爾州南下，幾個住在康乃狄克的友人也會順道過去串門子，我們整個週末就一塊兒廝混，悠哉地做些無聊的事。水面波光折射，海鷗在頭頂盤旋鳴叫，白天我們打球吃蛤蜊，晚上暢飲啤酒、彈吉他、促膝長談。隨著時間推移，我們這群人就像一雙好走的舊鞋相處融洽。我們傾聽彼此的故事，和彼此的男女朋友見面，忍受甚至漸漸喜歡彼此的缺點。

我們都是為了同樣的原因來到這裡。我們都感受到三十出頭脫離父母庇護的失落感。有的交往穩定、出雙入對，有的依舊單身——不過在此情況下，有無交往的對象並不重要。不過換個角度想，這當然非常重要。所以呢，我寫完奧斯汀章節的那年秋天，我們的東道主閃電熱戀，大夥兒便找個週末相約去見已跟他同居的女友。

那晚約末有八個人齊聚餐桌前，大啖她親手做的甜點。蠟燭將要燒盡，她養的貓咪在我們腳邊迂迴穿行，不知是誰剛說了個笑話。我身子往後一仰，環顧四周，心想：**是的，我已找到我的家人。**

第六章

理性與感性

sense and sensibility: falling in love

墜入愛河

如今我在布魯克林住了將近三年，有許多值得感恩的事。我已找出與父親的相處之道，父子之間也因此建立相當正面的關係。他對我所做的決定認可與否，我再也不擔心，並且也開始接受他永遠不會改變的事實。寫完奧斯汀的章節、並針對《米德鎮的春天》寫了長達幾百頁篇幅的我，論文已算完成一大半；我開始想：或許有朝一日，我真能把它寫完。同時我也覓得一群真正的朋友。

但是還缺了一件事。舉足輕重、不可或缺的一件事。我還是沒找到伴。不只是同床共枕、而是共同生活的伴。不只是露水姻緣、曇花一現的風流韻事，或夏日的縱情狂歡，而是真實穩定、令人滿足的一段戀情。離開青年運動營、大學跟研究所的頭幾年——那種安全的避風港，讓人相對容易找到女友——我對紐約極致恐怖的約會場面毫無準備。我宛如走進永無止盡的愚蠢對話迷宮，它跟地鐵同等陰暗，而且一樣令人困惑。我不能用一貫的手法，透過朋友認識人，而是必須在走進派對或點飲料的短短幾分鐘內，讓陌生人喜歡我——天曉得我到底在幹嘛。

身在紐約，光有魅力是不夠的（這麼說並不表示我知道怎樣才能魅力四射）。你必須讓人印象深刻，樣子看起來功成名就，講起話來像個贏家，這點對男人尤其重要。你立過什麼豐功偉業？認識哪些人？念過哪所學校？我學著把履歷上幾項醒目的重點，放進對話的頭五分鐘。於是跟單身女子聊天變得像是參加面試。人們會說：做自己就好。做自己？那不就是問題所在嗎？

我搞得尊嚴掃地。相親。精心安排的約會。有個女的邀我共進晚餐，結果她根本有男朋友，而且「不清楚這是約會」。一堆女人喜歡我，但「只是朋友的喜歡」。朋友會這樣安慰我：「至少你交了一個新朋友。」「我不需要更多朋友了啦！」我會這樣吼回去。

有天我上完健身課，跟一個女人聊了起來。那是一個千載難逢的機會，你還沒來得及緊張，就置身其中。她聰明和善、風趣漂亮。當我們走到轉角、準備分道揚鑣時，竟不約而同地轉身互問：「那你叫什麼名字？」

她叫作阿潘。阿潘，阿潘，阿潘，阿潘，阿潘。我整個禮拜都想再見她一面。但是到了下個禮拜，她卻沒有現身。我變得有點猴急。她下禮拜一定會出現的。可是下週依舊不見她的蹤影。我心煩意亂，在《村聲週報》（*Village Voice*）[1]的「尋人啟事」廣告刊登：「阿潘，我急著找妳」，並附上日期、地點和我的電話號碼。

以下的經驗供各位參考：切莫在私人廣告留電話號碼。一開始我接到一個假扮是阿潘的女人打來的電話（「我當然是阿潘囉。」──「好，那妳是做哪一行的？」──「吼喲，不用講這個啦」。）後來我又接到一通電話，對方承認她不是阿潘，但還是希望我們能交往。之後還有個男的從新澤西打來，對認識異性何其難聊表同情之意。（「也許你以後不要再跟那些比你有錢、又比你帥的朋友一起參加單身活動會比較好，」我是這麼建議的。）後來我接到一個男的假扮成阿潘。（「如果你想的話，也可以叫我阿潘啊。」）最後到了深夜，我接到最後一通電話，男子聲音沙啞如同砂紙，他表示只要我出個好價錢，他很樂意介紹「阿潘」給我認識。

譯註

1.《村聲週報》（*Village Voice*），每週二出刊，原鎖定格林威治村周遭發生的事件，自六〇年代起將報導觸角延伸至全紐約，乃至於美國境內其他重要議題。

這些年來，我確實認真談過一次戀愛。非常羅曼蒂克地展開戀情。我是在一位老朋友的婚禮上認識她的。其實我後來發現，這一切都是設計好的。應她要求，我朋友列出一份優質男萬人海選名單，而且不誇張，還附了照片，最後她選中了我。這個嘛，所謂的海選名單其實候選人很少。好啦，只有我跟另外一個男的。雖然如此還是榮幸之至。當她告訴我事實，彷彿我跟她是命中註定要在一起的時候，一切就變得更加浪漫了。

我朋友安排她在機場公車站接我，我一上她的車，就馬上跟她來電，不只是產生情慾的火花，而是立刻感到自在熟悉又契合，好像早就認識彼此，只是接續一度被打斷的對話而已。我們整個週末如膠似漆、形影不離，不敢相信我們的好運，笑聲也從不停歇。婚禮在密西根舉辦（她跟我朋友才剛在密西根大學唸完研究所），婚禮結束後她即刻出發前往波士頓，開始一份新工作、展開她的新生活，並邀我一塊兒同行——這種臨時起意的突發奇想，簡直可以媲美雌雄大盜逃亡時的迷人風采和冒險精神。

沿途我們彼此交換故事，有這麼多地方卻還在尼加拉瓜大瀑布的一間汽車旅館留宿（我們甚至沒發現那是蜜月景點），兩天過後我離情依依地與她告別，就算以後要遠距離談戀愛，也發誓一定要好好維繫這段感情。我們甚至談「婚」頭了，提到：「好，如果一切進展順利，我想我也作好結婚的心理準備了。」這句話其實是我說的。真不敢相信我居然變得那麼成熟。彷彿奧斯汀的書沒有白讀，如今我已準備好面對一段大人的成熟戀情。

結果，沒過多久情勢就急轉直下。在波士頓吵架、在布魯克林吵架、透過依媚兒吵架（這種吵架方式才剛流行）。針對我的感受吵架、針對她的感受吵架、針對我們剛吵過的架吵架。為了橫生枝節的爭執吵架，而且必須先把小吵解決才能回去繼續為大吵爭辯。永無止盡的電話傳情，但講不到幾分鐘就有話題可吵，結果一整個晚上就在綿綿無絕期的爭吵中度過。

我太過沉醉於談一段成熟戀情、濫用**結婚**等字的想法，以致於我忘了問自己跟這個人在一起到底快不快樂。事實上，我們並不是真的合得來；等熱戀期一過，我們開始認識彼此的真面目，便發現其實根本沒那麼喜歡對方。不過我花了好幾個月的時間，才終於放棄努力並且承認這個事實，因為我依舊沉迷於戀情浪漫開端的魔咒，那個有朝一日我們會對別人說的誘人故事。

等戀情一宣告終結，我幾乎誓言再也不會認真談戀愛了。見面、火花、情投意合的感受：難道愛情不就是那樣嗎？我的直覺真有那麼差嗎？要是我想要脫身卻為時已晚呢？我能僥倖脫險，真是千鈞一髮。對跟我一樣對承諾過敏的人來說，那種經驗真教人毛骨悚然。最後我想通了，雖然還是想找女朋友，但我真的吃了秤砣鐵了心，絕對不會結婚。

許久前寫完第一章的我，以為自己大概好一陣子都不會再碰奧斯汀了，沒想到那一年根據她的著作所改編的電影卻輪番上映：「獨領風騷」[2]（Clueless）、「勸服」、柯林・弗斯版的「傲慢與偏見」、葛妮絲・派特蘿領銜主演的「艾瑪」。不過我的最愛是艾瑪・湯普遜版的「理性與感性」，劇情輕鬆迷人又有趣，我絕不會把這些特點跟原著聯想在一塊兒。《理性與感性》，誠如《勸服》、《曼斯菲爾莊園》，屬於奧斯汀小說中較為灰暗的作品。它是嚴肅、甚至可謂沉重的一本書，諷刺但沒有洋溢喜悅，有趣卻不滑稽。奧斯汀所有的著作中，我最喜愛的一句話就在此書——「她沉默寡言，因為她跟一般人不同的是，她話多話少是跟想法的多寡成正比的。」（這句嘲諷是雙面刃，殺得大家片甲不留，也幾乎等同於本書意向的縮影）——不過整體來說，這部小說仍然沒有贏得我的寵愛。

我再次翻開扉頁，瞧瞧如此討喜的電影怎麼會出自於這麼教人沮喪的書。我對《理性與

2.「獨領風騷」（Clueless），改編自《艾瑪》。

感性》的問題癥結，跟我對《曼斯菲爾莊園》的意見如出一轍：它要我們接受我拒絕相信的論點：即便奧斯汀深信不疑，我也難以接受。劇情似乎違反常情地不浪漫，甚至是反浪漫。《理性與感性》將兩種截然不同的愛呈現在讀者面前，每一種愛都由其中一位女主角所體現，一定要我們偏好那段比較不動人的愛。

瑪莉安・達許伍德（Marianne Dashwood）擁有你夢想中浪漫女主角所具備的一切特質。她年輕貌美、熱情且毫無保留。她唱起歌來宛如天籟、讀起詩來帶著情感、薄暮微光中會獨自一人在外漫步。她心目中的愛情是崇高而艱難的。「我愈了解這個世界，」她說：「就愈發確定我永遠都遇不到那個能讓我真心去愛的男人。」這樣的一個男人不只需要兼具美德與智慧，外型也必須搶眼，雙眼流露昂然志氣和無比熱情。為了與她的熱情匹配，光是這幾項特質是不夠的。「如果不能跟一個在各方面都跟我興趣喜好契合的男人在一起，我是不會幸福的。他必須與我分享所有情感，我跟他會為同樣的書、同樣的音樂所吸引。」瑪莉安找的不只是老公，她所尋覓的是靈魂伴侶。

令人驚奇的是，這樣理想的意中人竟然馬上出現了。在某個吹著疾風的早晨，瑪莉安為了躲雨跑回家，不慎跌倒、扭傷腳踝。一位不知從哪兒冒出來的紳士趕忙搭救這位落難少女，將她一把抱起、帶回她遮風蔽雨的家。他朝氣蓬勃、相貌英俊、文質彬彬又不失男子氣概。他舉止迷人、嗓音意味深長、舉手投足優雅。更重要的是，讀者很快就發現他跟瑪莉安的興趣全都吻合：他倆熱愛音樂、詩集、跳舞、騎馬，彷彿是天造地設的一對。不久後，瑪莉安覺得她對這個男人的了解就像對自己一般瞭若指掌。「決定親密程度的不是時間或機會，」她說：「而是性格。七年的時間恐怕都不足以讓某些人了解彼此，而對另一些人來說光是七天就夠了。」他名叫魏洛比（Willoughby），兩人旋即深陷愛河。

在此同時，她的姐姐愛麗諾（Elinor）也為情所困——如果那稱得上是戀情的話。一拉開小說的序幕，即見女主角們將要失去從小長大的諾蘭家園。父親過世之後，在同父異母的兄長約翰（John）和嫂嫂范妮（Fanny）的逼迫下，這對姐妹跟母親及小妹妹只得黯然告別舊居。約翰「這個年輕人脾氣不差，只有對人冷淡、自私自利，可以說是脾氣不好，」而范妮更是糟糕。他或許會勉為其難地讓達許伍德母女留在諾蘭，但她可是下定決心要把她們趕走，尤其看到愛麗諾跟她的兄長愛德華（Edward）展開友誼，她更是打定這個主意。

愛德華個性枯燥乏味，又因靦腆幾乎等同痲木遲鈍，既沒有出色卓越的才華，也沒有雄心壯志，跟魏洛比恰巧相反，也不是任何人心目中的白馬王子。這個可憐的傢伙甚至沒有俊俏的外表。不過話說回來，愛麗諾也完全不是將熱情散布全世界的女孩。相較於熱情的瑪莉安，她處事謹慎；與花容月貌的瑪莉安相比，她也只不過是小家碧玉；她的妹妹藐視傳統禮教的期待，她卻循規蹈矩、合乎體統，想方設法壓抑自己的情感，將情感輕描淡寫（並提醒瑪莉安別讓情感不受羈絆、恣意妄為）。她跟愛德華成為朋友，但他們之間卻似乎無法更進一步發展。

在對愛麗諾而言卸下心防的時刻，她用一貫的老師口吻向妹妹坦承：「我見識過他的許多層面，仔細研究過他的情感，聽過他對文學和鑑賞力等主題的看法；總的來說，我敢說他這個人見多識廣、熱愛閱讀、想像力豐富、言論公平持正、鑑賞力細膩純粹。」她似乎什麼詞都願意說，就是不願說我們想聽的那個字。「敬重他！喜歡他！」瑪莉安彷彿猜透了我們的心思，如此回覆：「妳再用這樣的字眼，我就立刻奪門而出。」

＊　＊　＊

然而，結果這部小說所謂的真愛，不是瑪莉安跟魏洛比之間狂野激情的戀情，反倒是愛麗諾跟愛德華半溫不熱的男女關係。當故事的情節逐漸明朗，愛麗諾的愛得到證實，瑪莉安的愛則被貶低。我從奧斯汀的作品中學到什麼是成長，所以當然明白瑪莉安太過於被自己的感覺牽著鼻子走，而且無可救藥地羅曼蒂克。畢竟光是向舊宅告別，她就用了七個驚嘆號。（「親愛的，親愛的諾蘭哪！……我什麼時候才不會為你感到惋惜呢！……哦！幸福的房子啊！」）沒錯，瑪莉安常被塑造成天真無邪、過度興奮的形象，但那只告訴我奧斯汀對她存有多少偏見，以及作者需要費多大功夫才能說服讀者——有時似乎也在說服她自己——愛麗諾版本的愛才更為優越。我知道奧斯汀希望讀者談感情時要理性多於感性，但選擇愛麗諾式的愛，而非瑪莉安式的愛，並不能讓我們做到這一點。這麼做是叫讀者在兩種感覺、兩種愛的概念之間作選擇。

人們一談到愛情，就會想到羅密歐與茱莉葉那種戀愛的意象——誠如奧斯汀的年代、莎士比亞的年代、我們這個年代，乃至於將來都是如此。我們跟瑪莉安一樣相信一見鍾情。第一天跟搭救她的英雄相遇，她甚至沒什麼機會一窺對方的廬山真面目，但這就足以讓她相信「他的相貌與神態，跟她夢想勾勒的心愛故事男主角如出一轍，」而她渴望得知他的一切。隔天，第二次的見面又證實了她的感覺。誠如「教父」裡的麥可・柯里昂（Michael Corleone）[3]，瑪莉安宛若被雷劈中。

3. 麥可・柯里昂（Michael Corleone），教父的三子，與父親個性相似所以最得寵愛，是全片最重要的靈魂人物。

人們也跟瑪莉安一樣，相信真愛只會出現一次。瑪莉安堅決反對當時人們所謂的：第二次的情感束縛，所以也反對再婚。由於奧斯汀的年代，人類平均壽命較短，所以他們的再婚現象跟現今社會的離婚一樣稀鬆平常。雖然瑪莉安和她那個年代的人，不像現代人有那麼多的自由，想有幾段婚姻關係或談幾次戀愛都好；但是，儘管我們或許不像她那麼直截了當地對待此事，卻傾向相信只有最後一次，只有我們最後得到的，才是真愛。其他的都是錯誤。瑪莉安相信只有第一次戀愛才算數，而我們相信最後一次才有價值，不過她跟我們都同意人一輩子只有一次真愛。

儘管人們的生活方式有了改變，卻始終跟瑪莉安一樣相信「年少的愛」。起碼從許多書籍、歌曲和電影可以斷定，人們想要相信那樣的愛。茱莉葉在十三歲那年墜入情網，並不是因為人們在莎士比亞那個年代那麼早婚——這不是事實——而是因為人們總是幻想著真愛與年少的狂熱、蓬勃生氣和純潔不可分割。人們認為愛情是春天、是開始。瑪莉安是奧斯汀筆下年紀最小的女主角，芳齡十六歲。對她而言，「二十七歲的女子是永遠都無法再次冀望、感受或喚起情感的」——這和大家對安妮・艾略特的看法一致——而三十五歲的男人「早已用盡所有感觸，變得麻木不仁」。倘若我們不再同意瑪莉安的計算方式，那並不是因為我們對愛情改觀，而是因為我們感受年輕、維持年輕的時間，比奧斯汀那個年代的人還要長。

人們相信靈魂伴侶，也相信世上總有那麼一個真愛，而星辰會引領他們走向我們。在意第緒語（Yiddish）[4]中，那種人被稱為你的basheert，也就是你的真命天子（女）。在所有古希臘流傳下來的愛情神話中，最為人們珍愛的是柏拉圖所說的故事：人類本是擁有四隻手臂和四條腿的生物，由於在那樣的田園詩境中力量太過強大，神便將人類一分為二。所以我們只好在世間流浪，尋找另一半，試圖在愛情中重新讓肢體聚合。我們會說：「你讓我的生命完整，」此話反映了同樣的心境。

於是，我們誠如瑪莉安，認為真愛意味著興趣完美契合、毫無衝突抵觸。這樣的概念在完美情人（Perfect Match）和線上速配（eHarmony）等交友網站上體現，它們會依照個人特質和姓名將會員精心分門別類。人們認為真愛是另一個自我。於是相反地，失去所愛便形同死亡。羅密歐以為茱莉葉香消玉殞，所以自刎；當茱莉葉從死亡狀態般的沉睡中醒來，也結束自己的生命。

瑪莉安也幾乎等於承受同樣的痛苦。過了幸福快樂的幾個禮拜，她偉大的愛情突然瓦解，戀情的驟逝也差點要了她的小命。前一天魏洛比正準備提親，隔天他卻消失無蹤。瑪莉

4. 意第緒語，Yiddish，一種德國文言文，用希伯來字母寫，為東歐猶太人及其移民後裔所使用。

安陷入極度的焦慮恐慌：這代表什麼意思呢？她跟隨他的腳步來到倫敦，短箋一封又一封地投遞，不願告訴姐姐發生了什麼事，最後終於在一場舞會找到他的下落，無奈卻被最公然、最野蠻的方式拋棄。（我們後來得知，魏洛比由於身陷債務危機，不得不改向一位富甲一方的年輕名媛求婚。）如今女主角了無生趣、意志消沉、公然惹病上身，讓自己在鬼門關前走了一回。倘若對她而言，真愛只有一個，如今又逝而不返，那活著還有什麼意義？

人們心目中的愛情，是某件發生在我們身上的事物，一種猝不及防便降臨的力量，使我們淪為它的玩物。它恣意而為，無視於我們的意圖、不在乎我們幸福與否，使我們的意志屈從於它。邱比特從萬里無雲的晴空射出愛神之箭，讓我們為情愛痴狂。在但丁《神曲地獄篇》（*Inferno*），第一對也是最令人同情動容的罪人，保羅跟法蘭西斯卡，宛若力場的微粒，在愛神的渦流中迴旋，無助地面對祂強大的力量。希臘神話中，愛情真的會使人肝腸寸斷。愛神不只是神，而是最偉大的神，在祂面前，就連其他神祇也莫可奈何。祂好似烈焰，所到之處無一倖免。

於是，我們跟瑪莉安一樣，認為真愛是狂野的、自由的，不受任何束縛、沒有任何規則。我們蹺課、在戶外做愛、發狂般地冒險，最後就連朋友也認不得我們。瑪莉安和魏洛比剛開始交往時，將禮教視為無物，厚顏無恥地在大庭廣眾之下展現親密、忽視他們對左鄰右舍應有的義務（而且在鄰居背後拿此事說笑），以最令人顏面無光的方式獨自駕車在鄉間閒蕩。在瑪莉安而言——就像對來自世仇家族的羅密歐與茱莉葉，以及私通的保羅和法蘭西斯卡——透過顛覆傳統界線和規範，便能證實真愛。真愛的本質即是違禁的、危險的、反叛的。

＊　＊　＊

瑪莉安所經歷的痛楚我感同身受。我十八歲那年的暑假也曾有過類似的經驗。事情是在青年運動營發生的，不過還沒到營區，我們就已滋生愛苗。我們在紐約運動營的辦公室外漫無目的地閒晃，我拐過轉角，感覺自己的臉在發燙。我的身體一定在腦袋搞清楚發生什麼事前，就接收到訊息了。她就在那裡，彷彿在等我似地坐在桌上，她是我見過最美的女孩，不，是我**唯一**見過的女孩。「嗨！」她帶著晴空般燦爛的微笑，對我說。「嗨！」我一邊回話，一邊努力別讓自己搖晃退卻，無奈這股力道有點令我招架不住，我也不太清楚當下自己的雙手雙腳究竟在何處。

但我還是設法在那一眼瞬間捕捉她的面部表情，她的臉色告訴我：我們一定有機會在一起，只是時間早晚的問題。自此之後，無論我身在何方——搭公車北上、或在營區的頭幾天——感覺都像有根繩子從我後腦杓穿出，不管她碰巧在哪兒都與她相連，彷彿不知怎地，她總是站在我正後方。沒過多久，我們便如膠似漆地朝夕相處。後來我不再如此笨拙地小鹿亂撞——至少足以讓我在她身邊時維持直立狀態——我們也似乎被某種地心引力所吸引。我們毫無事先計畫，卻總是剛好坐在一起、或並肩而行、或終於——嗯哼，終於成為一對情侶。

老天爺啊，我當年只有十八歲。我的眼裡只看得見她的臉龐，她的雙眸。就連夏日也為我們屏息。以前我從未說過「我愛你」這三個字，但當下似乎說其他什麼話都是離題。我恍惚失神地四處遊盪：不敢相信世上竟有如此強大、如此純潔的事物。我們一直吻到嘴唇龜裂為止。有天下午，我們同坐一棵蘋果樹下。「妳覺不覺得我們其實是同一個人？」我問道。她的目光上下打量我。「覺得，」她說。

夏日呼出它的一口氣：夏天結束了。青年運動營劃上句號；人生也終結了。我覺得自己被撕裂，彷彿雙臂之間原本她身子該在的地方，如今成了個窟窿。她是德州人，還在念高中。我們雖沒明講，心裡卻都清楚戀情已劃下休止符。想當然耳，我們沒有電子郵件、沒有長途通話、無法掌控自己的人生、也沒有再次相見的希望。就連通信似乎也偏離主題。好像唯一沒有偏離主題的，就是整個人縮成一團、想要人間蒸發。

所以我非常同情瑪莉安的遭遇。我跟大家一樣，相信她心目中愛情的樣貌，但令我發狂的是，奧斯汀對此似乎不以為然。或者至少她在《理性與感性》裡，對此似乎不以為然。莫非她的其他作品太過浪漫？還是我遺漏了什麼？

根據小說改編的電影只教我更為困惑。導演跟製片怎麼**有**辦法賦予同一個故事那麼多的情感？當我回顧情節、仔細檢視，才明白他們是怎麼做到的：透過欺騙。他們雖然沒有更動瑪莉安和魏洛比的故事——也沒更動的必要——但肯定改變了愛麗諾和愛德華的情節。他們賦予愛德華一本正經卻討喜的幽默感，為他和達許伍德家小女兒瑪格麗特（Margaret）——她在小說中無足輕重，充其量只不過是個名字——之間，編織一種兄妹般的甜蜜關係。不用說也知道，他們還找來休・葛蘭飾演愛德華的角色，他是繼吉米・史都華（Jimmy Stewart）[5]後

5. 吉米・史都華（Jimmy Stewart, 1908-1997），美國演員，曾在希區考克執導的四部電影中擔綱主角，最為人稱道的作品為「後窗」（Rear Window），常飾演正直老實的中產階級。

講話結巴最可愛，也是相貌最英俊的演員。電影藉由賦予愛麗諾嶄新的深刻情感——離開諾蘭的時候，她離情依依地撫摸馬兒，向牠道別，這個場景在原著是找不到的——使她這個角色也變得可愛。

電影也在劇情的尾聲美化另一對——他倆的戀情在原著裡甚至比愛麗諾跟愛德華更不浪漫。奧斯汀的版本中，瑪莉安多少有點被迫嫁給一個她才剛喜歡、但絕對談不上愛的男人，但整件事就在僅僅一頁多的篇幅倉促了結，宛如事後的追想，彷彿公然跟我們的抵抗作對。不過電影卻擷取奧斯汀其他著作的華麗片段——《艾瑪》中的驚喜禮物鋼琴，以及《勸服》裡兩人親密呢喃吟詩——賦予情節浪漫的面貌。

由此可見這兩對男女為什麼會墜入愛河。但更教我百思不得其解的是，奧斯汀竟讓他們的戀情走得那麼辛苦。這部小說是她創作初期的作品沒錯，但這並不代表她在那個時期的寫作生涯缺乏技巧，或嚮往去撰寫一個令人心醉神迷的愛情故事。當時她已完成她最浪漫的作品《傲慢與偏見》。

後來我終於明白兩件事。一是《曼斯菲爾莊園》，那是另一部看似違背我心目中奧斯汀所有信念的小說。二是我在密西根婚禮上遇見的那個女人，和她談的那段感情。我暗忖：這是當然的。我怎麼會那麼盲目？我剛談過一場瑪莉安和魏洛比式的戀愛，而它在轉眼間粉碎破滅。命運、靈魂伴侶、一見鍾情、魯莽行事——它具備了所有的元素、忠於所有的神話，卻竟是大錯特錯。

我最後明白，也許問題就在於迷思。瑪莉安認為魏洛比使她聯想起心愛故事裡的英雄，而我也是因為戀情如電影情節般展開才戀戀不捨。我們都被心目中愛情的那個樣貌所蒙騙。於是《諾桑覺寺》的劇情重現眼前：源自於小說的傳統信念，到了現實生活是不會有任何戀情開花結果的。

然而，奧斯汀的其他作品不也宣揚同樣的信念？如今我仔細思量那些信念浪漫的原因，結果懊悔的是，它們並沒有宣揚相同信念。她使讀者愛慕她的女主角、敬重她的男主角，又讓讀者巴不得看見他們雙宿雙飛，筆法巧妙地使他們分離、最後又重聚，以一連串的陷阱、計謀和驚喜挑逗讀者，但任憑我再怎麼尋找，也遍尋不著值得我相信的陳腔濫調。

誠如改編原著的製片和導演一直以來的作法，我不假思索便將浪漫情懷強加於奧斯汀的小說中。綺拉·奈特莉（Keira Knightley）主演的「傲慢與偏見」雖然基本上沒有改變劇情，卻用愛情電影慣用的包裝加以美化：漸強的樂聲、迎風的街景、炙烈的夕陽。伊莉莎白擺出鬱鬱寡歡的姿態，她的愛人穿過隨風搖曳的草原走向她，兩人飢渴急切地雙唇相接。不過，有何不可呢？這個達西先生口中「勉強還能看，但絕對沒有美到足以打動**我**」的年輕女子，如今竟變得明豔動人。派翠莎・蘿茲瑪（Patricia Rozema）執導改編的「曼斯菲爾莊園」（由哈洛・品特Harold Pinter[6]飾演湯瑪士爵士）把過分拘謹的小范妮・普萊斯，變成眼神挑逗、嘴唇性感、調皮膽大又叛逆的女生。令人難以想像的是，一九九五年上映的「勸服」，竟以大庭廣眾下的未婚接吻作為結局。就連最忠於奧斯汀原著、柯林・弗斯（Colin Firth）主演的「傲慢與偏見」，都讓激動不已、只穿內衣的男主角一頭栽進水裡（驚嘆聲四起）。

不過，當然啦，奧斯汀想得比我們深遠。她知道讀者在想些什麼，如今我才發現她在《理性與感性》攔截讀者。《曼斯菲爾莊園》正是在此時創作。那部小說告訴我們最關乎緊要的價值——善良比才情橫溢更為重要，而這是她別部作品允許讀者忽視的。它將這兩種特質拆給不同的角色（一邊是范妮，一邊是瑪麗・克勞福），看我們能否違背直覺、選擇該選的那一位。我發覺現在也是一樣的狀況。奧斯汀的其他小說全都浪漫得露骨，我們根本無須留意真正浪漫的原因為何。如今，她將醬汁和肉分兩邊，迫使我們將其區別。愛麗諾之於瑪

6. 哈洛・品特（Harold Pinter，1930-2008），英國劇作家、演員及詩人。

莉安，誠如范妮之於瑪麗·克勞福：不那麼誘人卻正確的選擇。瑪莉安得到童話故事般的浪漫情懷；愛麗諾則得到奧斯汀所謂的真愛。

＊　＊　＊

當我開始接納這個可能性，一切都變得很有道理。因為當我認真思考，愛麗諾的愛、伊莉莎白的愛、艾瑪的愛，以及其他所有小說中的愛，跟我從奧斯汀作品中學得的其他任何道理完全契合：關於善良、關於成長、關於學習、關於友情。

我發現，對她來說，愛情不是突然或漸漸降臨**在**你身上的東西，而是你必須做好心理準備接受的東西。只要伊莉莎白認為她的想法都是對的，只要艾瑪鄙視她周遭的人，只要瑪莉安忽視姐姐對於她虧欠鄰居及家人一事所給予的建議，她們的心就是封閉的。奧斯汀的看法是，在你跟某人談戀愛之前，必須先了解自己。換句話說，你必須成長。愛情不會像變魔術般地改造你，把你變成更好或者甚至不同的人——這是另一個我相信的迷思——它只能在現在的你身上發揮作用。

誠如《諾桑覺寺》的主旨：我們必須學習如何去愛。我知道這些話語適用於風信子或小說這種象徵愛情的事物，但我從未真的想過它們竟也適用於，你知道的，**愛情**的愛，浪漫相戀的愛。還有比墜入愛河更自然的事嗎？然而，不管聽起來有多奇怪，奧斯汀想表達的是，人們並非生來就知道該如何去愛。「年少」並非她心目中戀愛的必需品：它反而是種阻礙。沒錯，依現代人的標準來看，她故事中的女主角多半非常年輕，但是一墜入情網，她們竟也蛻除了天真與無知。當然，其中一位是瑪莉安口中可怕的二十七歲，奧斯汀作品中有兩位男主角至少三十五歲。至於瑪莉安本人，在小說一開始正值二八年華，結束時已年長三歲——展開戀情時，年紀跟她的姐姐一樣大，也一樣睿智。

然而，奧斯汀教我：光了解自己是不夠的。你也需要了解你所愛的對象；跟我和瑪莉安的認知相反，你不可能一夕之間了解對方。對奧斯汀而言，一見鍾情是種自相矛盾的說法。見一面就天雷勾動地火、看一眼就萌生幻想跟投射——這些她都可以認可。但是一見鍾情，卻絕無可能。儘管愛麗諾對事情的看法乍聽之下乏味無趣，但如今我明白，那麼做才是對的：多了解一個人、細察他的情感、傾聽他的意見。不用說也知道，這可不是一時半刻或一個禮拜就能辦到的；只有日積月累、耐心認識彼此才足夠。誠如瑪莉安、伊莉莎白・班奈特和我自己，悲痛地領悟到：不可能一眼看穿一個人的性格。而我們愛的，是一個人的性格，而非外表。

不過細火慢煨的愛情，不可能理性地發生，就像叫你列出某個人的優缺點清單，最後再加總起來——這又是一個老掉牙的電影情節。我發現愛麗諾的愛情，跟瑪莉安完全一樣發自直覺，真要說哪裡不同，就是她的愛在更深的層次萌芽。原來愛情非但不會在瞬間乾柴烈火，而且也不會一觸及發。奧斯汀認為，人只有在戀愛的當下才會知道自己身陷愛河。「可以跟我說妳愛他多久了嗎？」在《傲慢與偏見》接近尾聲之處，有人這麼問伊莉莎白。「愛情漸然降臨，」她答道：「慢到我根本不知它從何時開始。」我發現，身為讀者的我們，從未聽說愛麗諾跟愛德華是何時滋生愛苗。上一刻是「喜歡」，下一刻是「愛」，而奧斯汀就是相信讀者可以理解：前者會漸漸變成後者。

於是我問自己：要是愛麗諾跟愛德華從未相識呢？要是她「見識」到其他人的「許多層面」呢？要是她發現**他**這個人見多識廣、言論公平持正、鑑賞力細膩純粹呢？她會不會反而愛上他？奧斯汀的答案清楚地殘忍：她當然會愛上他。愛麗諾的創造者想要告訴我們的是：沒有所謂「非誰莫屬」。我發覺奧斯汀厭惡：命運或靈魂伴侶、另一個自我或另一半、引導星或希臘神話，或其他任何一種神秘概念，我們想辦法拿它將愛情變成某種無邊無際、某種神聖、某種超乎它本身的東西：一段感情，至少在開始的時候，不是取決於命運，而是取決於它的對立物：機會。

接著我發現她的見解更為深遠。她表示就算人們談戀愛，也不一定會走到最後。雖然在奧斯汀的年代，離婚在現實生活裡不是選項，但死亡跟覺醒卻都存在，她認為一旦它們發生，人們便極有可能，甚至無可避免地，再一次戀愛。《勸服》裡的安妮・艾略特，相信剛經歷未婚妻過世之痛的本威克上校：「會重振精神，與另一位女子幸福快樂地生活。」本威克自己不信這番言論，但事實證明就是如此，而且速度遠比安妮想像中更快。對瑪莉安來說，不像她一開始認為自己會為愛而死，或如她後來計畫地隱遁深藏，而是在生活中形成她人生觀作夢也想不到的東西：第二次戀愛。

「無法征服的熱情解藥，和恆常不變的情感轉移，」身為浪漫小說的始祖，這位作者引發大量的濫情電影、和百來部多愁善感的續集：「在不同人身上，一定會隨時間而有非常不同的改變。」換句話說，沒有熱情是無法征服的，也沒有情感是不能轉移的。誠如思想改變，人心也會變。我發現奧斯汀相信愛情，只不過沒有以我們希望的方式相信。

對她而言，這些看法並非純理論。在現實生活中，曾有人向奧斯汀徵詢愛情方面的建議。她最鍾愛的侄女范妮・奈特二十一歲那年，正要決定是否該嫁給當地一名年輕紳士約翰・普朗特（John Plumptre）。這位正值花樣年華的姑娘有她的疑慮。他好像有點拘謹、對於宗教有些太過虔誠、太注重道德，無論如何，她不確定自己是否那麼愛他。於是，在兩場漫長的交談過程中，她鉅細靡遺地和睿智的珍姑姑討論。

她倆魚雁往返的內容是最高機密：范妮將第一封信藏在散頁樂譜裡，就連奧斯汀的姐姐卡珊德拉都不准介入。「除此之外，我實在不知還能怎麼解釋這個包裹，」奧斯汀「因為雖然妳親愛的爸爸煞費苦心地尋找，最後發現我獨自一人待在飯廳，妳的卡珊德拉姑姑看見他**有個**包裹要寄。不過，儘管如此，應該沒什麼事令人起疑。」不過第二封信開始讓她冒冷汗了。「最親愛的范妮，能再次得知妳的消息，我再高興不過了，」她說：「不過……寫些可以讀的」，也就是說：可以大聲朗讀的，「或者可以對人啟齒的。」

我們可以想見奧斯汀多麼專注熱衷地讀信。「我收到信的當晚就迫不及待地拆開來看，」她答道：「想辦法一人獨處——一讀便無法釋手罷休。」在關係如此緊密的家裡，成天有另外三個女人亦步亦趨——卡珊德拉、她們的母親和奧斯汀的摯友瑪莎・洛伊，很難耍出什麼花樣。「幸好，」她解釋：「妳的卡珊德拉姑姑在另一間房用餐，所以我不必調虎離山；至於其他人，我也不在乎。」

然而，奧斯汀對她侄女困境的答覆卻顯得矛盾。「我最親愛的范妮，」她一度打斷自己的話：「我寫的一字一句對妳都有舉足輕重的影響。我的感覺瞬息萬變，因此無法提出任何建議，幫妳下決定。」不過范妮卻不這麼認為，藉由暢言問題的正反兩面，奧斯汀不僅幫助她的侄女做出決定，同時證實了本身小說所傳達的愛情信仰。她對讀者的勸說，就跟她對自己的血親那樣好。

這就是問題所在。一方面，普朗特先生顯然是個非常高尚的年輕男子。另一方面，如奧斯汀所見，范妮對他的感情已漸漸衰退。然而，在奧斯汀透過深思這名年輕男子的特質，安慰侄女的當下，卻因為一開始犯了假想自己戀愛的錯，而再次改變主意：

哦！我親愛的范妮啊，關於他的事，我寫得愈多，就愈感覺溫暖，就愈覺得這名年輕男子優秀純正，以及妳對他重新燃起的熊熊愛火。我非常認真地提供建議。——這個世上或許萬中選一，**會有**那麼一個我跟妳都覺得完美無缺的人，他集優雅和氣魄為價值，態度舉止洋溢著勇氣與善解人意，可是這樣的夢中情人或許不會進入妳的生命。

她告訴侄女，選擇伴侶時，最重要的是對方的品性。優雅、氣魄和翩然舉止，也就是魏洛比吸引瑪莉安的那些特質，若能擁有，是件美好的事，但它們絕對取代不了愛德華式的價值、勇氣和善解人意。奧斯汀筆下的男主角全都具備第二種特質；只有少數幾個連第一項也擁有。

然而，奧斯汀最不願意做的，就是說服范妮答應這樁婚事。「妳把我嚇得六神無主，」她一度如是說。「妳的情感帶給我無比壓力，但妳萬萬不能以我的意見為意見。除了妳自己的感覺之外，沒有別的因素可以決定如此重要的問題。」感覺，而非論述。妳不該因為某人的品性好壞而決定是否嫁作人婦；他的品性能否激發妳的情感，才是妳考量嫁人的因素。「任何事都比不是為愛而婚來得好、更能讓人忍受，」奧斯汀提醒她的侄女：「沒有一件事比『**沒有**愛而結合』更慘的了。」

儘管如此，感覺是會變的，但我們還是能夠有所作為。「妳重新跟他滋生愛苗的嚮往」：聽起來像是奧斯汀請她的侄女執行這個不可能的任務。不用說也知道，人們無法選擇逐漸滋長愛苗，就跟我們無法決定再長高點一樣。然而，奧斯汀認為如果一個人品性端正，愛苗會以單純的熟悉感滋生。她的用語是「滋長」愛苗，而非「墜入」愛河——這是有機體的漸進過程，而不是一時的天雷勾動地火。「我不擔心妳**嫁**給他，」她進一步解釋；「以他這個人的價值，沒過多久妳就會深愛上他，兩人幸福美滿。」

跟「**結婚**」成對比的是「訂婚」。問題在於這位普朗特先生的經濟狀況無法允許他倆在近期內正式締結良緣。「妳對他的感情足以與他共結連理，」奧斯汀對她的侄女如是說：「卻不足以耗時等待。」重述一遍，愛情取決於機會——而且機會絕對不只一種。對，也許永遠都等不到完美男子的到來，但范妮年僅二十一歲，而奧斯汀堅持：

當我想起妳深入了解的年輕男子寥寥無幾，和妳多麼具有好好談場戀愛的能力（是的，我依舊認為妳潛力無窮），以及妳人生接下來的六、七年可能充滿多少的誘惑（這是人生中強烈情感形成的非常時期），便不希望妳以目前非常冷淡的情感委身於他。

除此之外，「妳很有可能再也無法愛上另一個男人，另一個各方面跟他旗鼓相當的男人，但是倘若那個男人有辦法**多**跟妳親近，他在妳眼中將是完美的不二人選。」

愛人比被愛有福——這是我們未曾從小說中學得的道理，而經由作者的風采，我們知道：「感覺」一直以來都是相互的。至於「這位可憐的、親愛的普朗特先生」，奧斯汀說：「毫無疑問的是，有好一段時間，只要他覺得非得放棄妳不可，他都會愁腸百結、悲痛欲絕；——然而誠如妳所熟知的我，我不相信那種失望會扼殺任何人。」結果范妮採信了姑姑的建議，而且也沒人因此送命。約翰・普朗特在三年後結婚，有三個女兒，並基於《曼斯菲爾莊園》嚴謹的道德觀而支持該書。范妮一如姑姑所建議等了六年，最後嫁給比她年長一輪、且在初次婚姻有六個孩子的男人，跟他生了九名子女。

奧斯汀並不反對浪漫，而是反對浪漫的迷思。愛情與婚姻小說寫得跟她一樣多的作家，不該被指責為「不浪漫」。真要指責她什麼，光憑她相信人們應該為愛而婚、「沒有一件事比『**沒有愛**而結合』更慘的了」，依據現今的標準，她都浪漫過頭了。自古以來，人們寫下為愛痴狂的故事，有些人，特別是年輕人，對此深信不已，但是等到必須實話實說、在人生中付諸實踐，多數人根本連「情為何物」都拋諸腦後。

從前在婚姻市場上，人們會依據門當戶對的嚴格機制，將年輕男女待價而沽。男人提供財富與地位；女人如果有錢，也提供財富，以及美貌。匯率算到錙銖必較。愛麗諾和瑪莉安可憎的同父異母兄長約翰・達許伍德，作夢也沒想過為愛而婚這回事，他阻礙了女主角們的機會。愛麗諾剛告知他妹妹（繼遭到魏洛比拒絕之後）生病一事，而以下是他的回話：

> 我為此感到難過。在她這種年紀，任何疾病都會毀了她一輩子的青春！她的年華似水、稍縱即逝！去年九月，她還是我見過最標緻的姑娘呢，而且對男人很有吸引力……我記得范妮（他的妻子）總說她會比妳早出嫁、婚姻也會比妳美滿……可是事實會證明她是錯的。我對瑪莉安**現在**能否嫁給一個一年最多只有五、六百英鎊收入的人，都表示懷疑；倘若**妳**不能嫁得比她好，那我就要大失所望了。

這個機制最糟的地方在於：沒人拿刀架在你脖子上強逼。雖然父母會對子女施加壓力，要他們別「嫁娶身分地位不如自己的人」，倘若子女一意孤行，或者只是萌生此念，就要跟他們斷絕親子關係，但是媒灼姻緣其實自古長存。縱使年輕男女有所選擇，並作出選擇，但婚姻市場的價值卻根深蒂固地內化成他們思想的一部分——精打細算地結婚、嫁（娶）得好、不用愁有沒有愛——最後他們的抉擇跟父母為他們作的決定無異。

「婚姻幸福與否全看運氣，」奧斯汀筆下一名年輕女子如是說：「至於將要共度餘生的那個人，妳對他的缺點了解愈少愈好。」「無論男女，只要論及婚嫁無不受騙，」另一名女子說。「這是件爾虞我詐的買賣」，「在所有的交易中，人們愈對他人有所期待的，自己就愈不誠實。」假如幸福全看運氣，倘若婚姻只是一件爾虞我詐的買賣，那麼你就該奮力一搏。

奧斯汀寫小說所要非難的，正是這種態度以及瑪莉安・達許伍德的浪漫美夢。第一位年輕女子是伊莉莎白・班奈特的朋友夏洛特（Charlotte），她嫁給世上最荒謬的男人，當然啦，他對妻子來說也是最令人厭惡的男人。「我並不浪漫，」她解釋道：「從來都不浪漫。我只求一個舒適的家；就柯林斯先生（Mr. Collins）的性格、社交門路、生活處境來說」——沒錯，**那位**柯林斯先生就是英國文學史上最大的蠢材——「我相信嫁給他之後，婚姻幸福的機會，跟絕大多數炫耀步入婚姻殿堂的人一樣大。」這是毫無疑問的。第二位年輕女子是《曼斯菲爾莊園》的瑪麗・克勞福，她無法下定決心嫁給她心愛的男人。對創造者而言，這兩個版本都是自我毀滅。

奧斯汀並非愚昧無知。她既沒將財富妖魔化，也沒將貧窮理想化。她在給予侄女愛情建言的當下，表示普朗特先生的優點之一就是「身為富裕人家的長子」。換句話說，縱使他現在尚未腰纏萬貫，但有朝一日終會富甲一方。「財富和名望與幸福何干？」極度浪漫的瑪莉安問道。她的姐姐這麼回答：「名望與幸福的關係不大，但財富跟幸福卻大有關聯。」奧斯汀聲稱財富絕對不是愛情的替代品，這項主張倘若付諸實踐，一定相當具有革命性。

事實上，她筆下的女主角確實付諸實踐，而她本人也如此。《曼斯菲爾莊園》裡的范妮・普萊斯婉拒一樁能使她晉身富貴名門的婚事。《傲慢與偏見》的伊莉莎白・班奈特還推掉兩門親事。奧斯汀的侄女，身為她富裕兄長之女，是個過慣舒服日子的年輕女子，唯有嫁個好人家才能維持她優渥的生活；結果她聽取姑姑的建言，拒絕「富裕人家的長子」。至於奧斯汀本人，即便嫁人機會的盡頭將至，卻依舊推辭哈里斯・彼格威瑟的婚約（她朋友的兄長，她在二十七歲生日的前幾天接受他的求婚，卻在當晚臨時變卦），這名男子亦是一筆鉅款的繼承人——他絕對能使她飛上枝頭作鳳凰。

這些抉擇的風險極高。對於范妮・普萊斯、伊莉莎白・班奈特、尤其是奧斯汀本人，接受心目中考慮的人選，不只能使自己脫離貧乏又不穩定的生活，也對接濟家人有莫大的助益。誠如奧斯汀的傳記作家克萊兒・托馬林所言，假如奧斯汀嫁給哈里斯，她便能「確保父母安逸舒適的生活直到終老，也給卡珊德拉一個家，」而且說不定有辦法幫助家人兄弟的事業。她會成為施主，而非受撫養的家眷；她會成為偉大的女子，而非窮困的親戚。不過儘管如此，她並沒有委身下嫁。她把愛情看得太重了：這裡指的是真愛，而非童話故事般的愛情。重到無法為了安逸而褻瀆愛情，並全心投入工作捍衛愛情。

那麼性呢？珍・奧斯汀這位拘謹的未婚女子無非是個傳奇性的人物。她絕非羞澀之人，她筆下的瑪麗・克勞福，在《曼斯菲爾莊園》開了「**少將**啦，**中將**啦，我見得夠多了」的玩笑，一語雙關，暗喻男性的肛交。她也能開自己猥褻的玩笑。在寫給姐姐卡珊德拉的信中，她提及舉家即將搬至巴斯，一本正經地表示：「我們打算請沉穩的廚娘、輕浮的女僕，以及泰然自若的中年男子，這位中年男子得擔任廚娘的丈夫及女僕的情郎。——當然兩邊都不准搞大肚子。」她透過一位剛產下第十八名子女的女性角色，對尚未出嫁的侄女說：「我會建議她跟D先生分房睡。」她在別處借花花公子的口，更嚴肅地表示：「我必須說，我沒見過舞台上有哪個角色比殘酷和淫慾的綜合體更有意思。」

她沒將性愛的情節放入小說，並不表示她對性事一無所知、對此恐懼，或者因為當時人們對情色不加著墨。事實上，情色在古往今來的文章無所不在。她青少年時期讀的書裡充斥著火熱的情慾內容：綁架、誘惑、哭鬧、愛撫；袒胸露乳、激情熱吻；無賴、浪子、放蕩之徒；飢渴的修道士和被強暴的少女，冷酷無情的老鴇和可憐兮兮的妓女；通姦、窺淫狂症、亂倫和強姦。她的書中看不見這些情節，是因為她刻意略過。

但情色元素並非全然省略。在《曼斯菲爾莊園》，一位已婚女子拋棄丈夫，投向情郎的懷抱。在《傲慢與偏見》，一名青少女遭到微笑假面騙子所引誘。在《理性與感性》，奧斯汀提供我們兩種情結：一位年輕女子與人通姦懷孕，後來那個孩子長大成人，得到遭人誘姦、懷孕又被始亂終棄的報應。如此劇力萬鈞的情節足以填補一部小說，但絕非奧斯汀的小說。以上的插曲，誠如別本書的另外兩段，都是在幕後發生；上述的例子，讀者都只從旁人的轉述報導得知。奧斯汀不想訴說其他所有人都在說的故事。她的女主角並不消極，也不可悲，不是受害者，亦非玩物。她們掌控自己的命運，與男性旗鼓相當。

在她那個年代，這也意味著控制自己的衝動。她對性愛的觀念，在節育措施可靠、無過失離婚，以及女性經濟獨立自主的現今社會，究竟有多少改變，這點我們說不準。無庸置疑的是，她會譴責今日的道德價值。但這其實與重點無關。她並不是因為性衝動會招致毀滅而責難它。她責難它的原因在於，她認為因此而結婚是件很蠢的事。她的小說充斥著聰明一世但糊塗一時的男性，娶了乏味的花瓶回家而後悔終生。

《傲慢與偏見》的班奈特先生就是其一，他如同受到詛咒似地，必須一輩子跟妻子的「神經質」抗戰。《曼斯菲爾莊園》的湯瑪士・貝特倫爵士是其二，這位傲慢的仁兄擁有一個徒有其表的寶貝嬌妻。《理性與感性》的一位帕爾默先生（Mr. Palmer）則是其三，他娶了個「長相標緻」的花瓶老婆，「每次來訪，她無時無刻不面帶笑容，來的時候巧笑倩兮，走的時候依舊笑容可掬，唯一沒微笑的時刻就是在哈哈大笑」，而她那年僅二十五、六歲的丈夫，早就司空見慣、視若無睹。

總之，儘管終生小姑獨處，奧斯汀卻對男女情愛瞭若指掌。對她筆下的男女主角而言，性的吸引力永遠擺在最後，而非優先要素。它不會造成好感，而是從好感而來。她的女主角通常並非國色天香的大美女。（倘若我們有這種錯誤的認知，我必須重申這是電影刻意營造的印象。）《勸服》裡的安妮．艾略特風華漸衰。《曼斯菲爾莊園》的范妮．普萊斯「長相還說得過去」。《諾桑覺寺》裡的凱瑟琳．莫蘭「相貌差強人意」。而最經典的當然是伊莉莎白．班奈特的「勉強還能看，但絕對沒有美到足以打動**我**」。其他年輕女子——珍．班奈特、伊莎貝拉．索普、瑪麗．克勞福、亨麗耶塔和露易莎．瑪斯格羅夫——通常都使她們相形見絀。然而，一旦你漸漸認識她們，她們的長相就會在你心裡生根茁壯，讓你念念不忘，有朝一日你發現自己對她們的想法，誠如某人最終對伊莉莎白的評論：「是我認識的女人當中最美的一個。」而奧斯汀筆下的男主角，傾向安靜、沉穩、敏感的類型。一般人也不會太快對他們動情。小說中的反面人物是英挺瀟灑、俗不可耐，只會與人空談調情的男子。她則喜好品性良好、不說自明的男人。

但這些特質並不表示她的愛人——或她的故事、或奧斯汀本人——是冷淡的。倘若情感不如多年來讀者企盼的那樣強烈——夏綠蒂・勃朗特懷念的「讓心跳又快又猛」，馬克・吐溫（Mark Twain）感覺「像是酒保進入天堂國度」——那並非出於作者的冷酷無情，而是源自她呈現的手法。奧斯汀作品最早的書評之一華特・史考特爵士本人也提出同樣的怨言。他針對《艾瑪》一書表示：「愛神步伐高雅謹慎地行走，將火炬置於燈籠底下，而非胡亂揮舞，到處放火燒屋。」不過這裡的關鍵字是「謹慎」。假使愛麗諾不願承認她對愛德華的感情是愛，唯一的原因在於，不像她矯揉造作的妹妹，她希望可以保留個人隱私。這樣的情感極其珍貴，明說豈不壞了它的美好。

她的創作者亦有同感。不用說也知道，她的愛人情感熾烈，如今我發現就連愛麗諾和愛德華也不例外：他們愛之深、愛之火熱，豈是魏洛比這種花花公子所能了解。另一個更充分的理由是：不讓外界窺探他們的親密關係。我發覺，小說中愛情場面達到高潮，最令人驚嘆之處在於，她總是在美夢成真的那一刻抽離，而這點在電影中也從未呈現。男主角將要提親，女主角將要接受求婚——他們終於要在最後一刻揭示心中的熱情——而讀者最想聽到的莫過於確認有情人幸福美滿的文字，這也是奧斯汀再清楚不過的事，但她卻總是刻意隱瞞。我們在《理性與感性》裡讀到：「他是怎麼表達自我，對方又是怎麼接納他的，無須特別明說。」「她是怎麼說的？」她問起艾瑪。「當然一個淑女該怎麼說，她就是怎麼說的。」這些情節太過私密，不關外人的事。而這才是最浪漫的事。

幸福，她筆下愛侶得到的幸福，是由什麼構成的？我發現，說奧斯汀認為友情是「人生中的真光」的評論家，其實只說對了一半。在他的解讀下，友情和愛情處於對立的位置。但是對奧斯汀來說，友情即是愛情的基本核心。「我並不打算否認，他在我心目中地位崇高——我非常敬重他，喜歡他。」無論這番言論讓瑪莉安跟讀者多麼抓狂，愛麗諾終究意識到這個重點。當我回去翻閱其他部小說，也尋得了同樣的概念。我讀到伊莉莎白・班奈特說的這麼一句話：「她尊敬他、正視他、感激他，對他的幸福極為關心。」艾瑪膚淺幼稚的朋友海莉特・史密斯雖然理由正確，卻誤解了愛的真諦。「他善良溫厚，而我該永遠對他心生感激，對他無比敬重，但這跟愛情是兩碼子事。」我終於明白，她錯了，這其實是同一件事。

如今我可以體會，倘若愛情由友誼發展而來，那麼它一定依循著奧斯汀理解中的友誼原則。愛人最崇高的角色，誠如朋友，是幫助你成為一個更好的人：有必要的話，即使冒著傷感情的風險，也要敦促你。奧斯汀筆下的愛侶會相互激勵：不要太自私、要更明理、更仁慈、更體貼，不只是對彼此這樣，對周遭的人也如此。因為奧斯汀，我明白愛情不是顛覆的媒介，而是社會化的媒介，這跟年少輕狂的我對愛情的認知差了十萬八千里。愛人不該驅使彼此走向逾矩的極端，誠如瑪莉安和魏洛比那樣；而應該教導彼此行為合宜、舉止得當的價值，告訴彼此社會的期待終究有其價值。愛情之於奧斯汀，並非永保年輕，而是轉為成熟。

奧斯汀了解，甚至珍惜年少的熱情，但也知道那僅止於熱情而已。「年少的心存有的偏見，有其可愛之處，」年長的瑪莉安如是說：「教人遺憾的是，發現偏見消失，轉而接納更大眾的意見。」一相信我跟瑪莉安對愛情的認知，是件自然的事；然而，縱使再怎麼令人沮喪，都有必要放棄這個信念。雖然奧斯汀敬重愛麗諾，但無庸置疑的是，她在《理性與感性》中最喜愛的角色是她的妹妹。不過就是因為她太愛這個角色，所以愛到希望她得到幸福。一如我已知的道理，對奧斯汀而言，幸福的關鍵在於讓生命出其不意地給你驚喜。

現在我明白，年輕愛侶唯一教人震驚的是他們行為舉止的可預測性。**不用說也知道**，瑪莉安跟魏洛比會墜入愛河。大家都知道他們會這麼做；**他們**甚至在相遇前就知道彼此會這麼做。然而，做一個成熟的決定、耐心地靠感受與思想，朝互敬互重邁進、接受激勵與被激勵的責任、拒絕空想的安逸和推估計算的犬儒主義——那才是真正根本、真正原始、真正英勇的行為。**那**就是真正的自由，你也可以因此不受一時衝動跟陳腔濫調所束縛。如今回首，我發現劃下奧斯汀小說尾聲的婚姻，總是出人意料。照理說，瑪莉安跟魏洛比是天造地設的一對佳偶，但奧斯汀筆下的女主角最後所嫁的對象卻總是「錯」的人：階級的不同、年齡的差異、性格的不對盤。艾瑪、伊莉莎白跟安妮身邊的人，最重要的是，甚至連她們自己，都不知道幸福翩然降臨。

奧斯汀告訴我們的是，真愛會在意想不到的時候征服你，倘若那真值得什麼，它將會繼續出其不意地征服你。無論我跟瑪莉安是怎麼想像，愛侶最不該做的事，就是贊同雙方的一切、分享彼此所有的喜好。對奧斯汀來說，真愛意味著永無止境的意見分歧、觀點抵觸。假如你的愛人原本就跟你是同一種人，那你們誰也不會有所長進。另一半的性格之所以重要，不只因為你必須容忍它，也是因為它會塑造**你**的為人。

對《勸服》裡娶了安妮‧艾略特牢騷滿腹、膚淺庸俗的妹妹瑪麗的查爾斯‧瑪斯格羅夫：「一位真正具有同理心的女人，對他的性格應該更具影響力，對他的習慣和工作將更有助益、更有條理、且更為高雅。但事實並非如此，他所熱衷的只有打獵等戶外活動；他並未從書本或其他事情上獲益，於是虛擲了光陰。」那是一齣未公開的悲劇，但終究還是悲劇。倘若能夠慎選伴侶，就算是愛麗諾和瑪莉安可憎的同父異母兄長約翰・達許伍德，也可能得到救贖：「假如他娶了個更和藹可親的女人，或許他自己也會……變得和藹可親；因為他年紀輕輕就結了婚，而且非常疼愛他的妻子。但是約翰・達許伍德太太是他極為滑稽的翻版——心胸更為狹隘，又更加自私。」「他極為滑稽的翻版」：現在我發覺，想要和自己一模一樣的人在一起，並非真愛，而是自戀。等瑪莉安最終找到了一個如意郎君，奧斯汀便設法確定這個男子在各方面跟她南轅北轍。

而那是最重要的事實揭露。不光是你的幸福，就連你自己——你的性格、你的靈魂，也都取決於你選擇的伴侶。愛情不光只是感覺良好。如今我明白了，一段沒有磨擦的戀情，就算真的存在，也只是一座沙漠。衝突是好的，意見不合是好的，就連爭執也是好的。對我而言，這些都是令人驚奇的新想法。對某人承諾奉獻，並不表示要限制自身的成長；它可以是不斷成長的一扇大門。奧斯汀最終做了件我作夢也想不到的事。她開始讓我覺得步入婚姻或許沒那麼恐怖。

然而，我還有一個課題有待吸收。奧斯汀對於愛情的信念，最教人難以接受的是：並不是每個人都有辦法愛人。一旦我願意面對，證據便排山倒海般銳不可擋。我發覺約翰・達許伍德、他的妻子，以及奧斯汀筆下的許多角色——《勸服》中艾略特家族的多數成員、《曼斯菲爾莊園》中貝特倫家族的多數成員，和處處可見的許多人：冷酷的人、貪婪的人、凡事只想到自己的人。在奧斯汀眼中，愛情不可或缺的條件單純只是：具備一顆愛人的心，這個條件甚至比工作、比勇敢更加重要。而她認為並不是人人天生擁有一顆愛人的心。

這就是她給予侄女戀愛建議時，向她保證的話：「我仍然認為妳**非常**有辦法談一場真正的戀愛。」——《勸服》裡的安妮・艾略特，聽聞本威克上校梅開二度，心想：「他有顆深情的心。他一定會愛上誰的。」愛人的意向即是重點。倘若你樂於愛人，一定會有人來讓你愛。倘若你沒有意願，之後會發生什麼事也就無關緊要。奧斯汀認為人們會有所成長，但本性難移。

如今我明白，基於同樣的原因，這位小說人物的偉大媒婆並不相信大多數的婚姻能百年好合。有的人因為錯誤的原因結婚、或者選錯了對象、奈何不了大環境、或者單純停止嘗試，或者本來就不該結婚。經歷漫長而危險的過程，轉為成熟、相互探索，她筆下男女主角的幸福未來指日可待，但是小說中的結合（父母、鄰居等人），失敗比例卻高得驚人，二十對裡就有十六對婚姻不美滿。

所以它到底教了我什麼？奧斯汀的話讓侄女吃了一顆定心丸，但她又會對我說什麼？我是否有顆愛人的心，又或者我所有的分手挫折、所有的苦痛、無法維持承諾的過往經驗，在在顯示結婚這檔子事，我根本連想都不用想？或許我一開始的觀念就是對的，或許我一直試圖告訴自己什麼。過了六年、讀了六部小說，這些是珍・奧斯汀帶給我的問題。但是我知道，問題的解答在任何一本書裡都遍尋不著。

我們可以確定有個人有顆愛人的心，而她正是奧斯汀本人。這是縈繞她人生的重大問題。一個從未踏入婚姻殿堂的人，怎麼可能對愛情了解這麼多？天才的奧秘足以解釋這個難題。不過更令人費解的是，一個對愛情所知甚多、又完全有愛人能力的人，怎麼可能終生不嫁？

她在伊莉莎白・班奈特那個年紀，可能曾經談過一次戀愛。展開奧斯汀的書信紀錄，就像在閱讀一部小說。當年她芳齡二十，興高采烈地寫信給她的姐姐，跟她分享前晚參加的舞會：

H先生跟伊莉莎白開舞，後來又同她一起跳舞；但他們不曉得該怎麼與眾不同。不過依我看來，他們將會從我給的三個教訓中獲益匪淺。此刻，我收到了妳的來信。妳在這封可愛長信中，對我多所責備，讓我都快不敢把我和我那愛爾蘭友人的所作所為告訴妳了。妳自個兒想想，和他跳舞、同他並肩而坐，都要成為妳口中最放蕩駭俗的行為。然而，妳只能再怪我一次，因為下週五我們在艾許（Ashe）參加舞會過後沒多久，他就要出國了。我跟妳保證，他是一位彬彬有禮、外貌出眾、又討喜的年輕人。但每次我們相見，我總沒機會多說話，除了前三次舞會例外，因為他在艾許老是過分地取笑我；他不好意思來史蒂文頓（Steventon），在我們幾天前拜訪勒弗洛伊太太的時候就離開了。

「我那愛爾蘭友人」是奧斯汀親愛的長輩朋友、地位宛若生母的安妮・勒弗洛伊（Anne

Lefroy）的侄兒湯姆・勒弗洛伊（Tom Lefroy）。有一年的聖誕節，他造訪堂兄弟姐妹在艾許的家，那裡離奧斯汀位於史蒂文頓的家有兩英哩的距離。（湯姆的父親年輕時就在愛爾蘭定居。）他倆的戀情無疑進展火速。三晚，跳舞、調情、談心以及冀望、眼神掃視和笑語盈盈的三個夜晚，就足以確定兩人彼此愛慕。六天後，也就是艾許舞會登場的前一天，奧斯汀再次拾筆寫信給姐姐：

告訴瑪麗，為了她未來著想，我願意把哈特利先生（Mr. Heartley）跟他所有的資產全讓給她，供她一人使用；而且不只是他，我其他的仰慕者，只要她找得到，都能跟我商量，就連鮑勒特（C. Powlett）想給我的吻都不例外，因為我只將自己的未來許給湯姆・勒弗洛伊先生；為了他，我不把榮華富貴放在眼裡。

她總是將這份情感避重就輕地笑而帶過，不過心底卻是認真對待。奧斯汀確定關鍵時刻將要到來。「我迫不及待地盼望，」她指的是對隔天舞會的期待：「但是我更期待晚上得到朋友的提議。」沒錯，這裡的提議指的是求婚。

然而美夢並沒有成真。我們不曉得當晚發生了什麼事；奧斯汀的書信在那個節骨眼上斷了線（卡珊德拉把她認為太過敏感的文件都燒毀了），下封信則續於隔年夏天。不過我們知道湯姆的家人估量情勢，決定快刀斬亂麻。湯姆身為一點也不富裕的大家庭長子。他正在攻讀法律，且仍在社會上打拼，因此無法和一個名下沒有財產的女子訂婚，又或者至少人們是這麼認為的。誠如後來他的堂兄弟姐妹所言，他們的母親十萬火急地把他送走，「免得造成更多傷害」。

假如沒有外人干預，他真會如奧斯汀所期待地向她求婚嗎？這點我們無從得知。他會回以她等量的愛嗎？這點我們倒是可以確定。三年後，他娶妻（一位有家業的女繼承人），作了九名子女的父親，躍升為愛爾蘭最高法院院長，幾十年過後，他成了一位白髮老翁，根據他一位侄兒的說法：「他不斷訴說自己有多愛她，儘管他將這段感情定義為年少之愛。」至少那是從老年的觀點來看，縱使那叫作年少之愛，在他倆短暫情緣，也是此生的唯一相遇的二十一年過後，他卻（飄洋過海）返回英國，為她的辭世致哀。後來他還在出版社的一場拍賣會上買走奧斯汀《傲慢與偏見》初稿所收到的回絕信。彷彿他的愛火從未澆熄。

至於奧斯汀的情意，就更難講了。只有在將近三年過後的意義重大的聖誕季節，她才在信中提起他。他的伯母安妮・勒弗洛伊剛造訪她家，而奧斯汀在信中是這麼寫的：

我長久以來都是獨自一人，趣聞逸事都聽遍了；我跟妳說，她對於她侄子隻字未提，對她的友人（另一位年輕人）也著墨甚少，這樣妳就會相信對話沒什麼有趣之處。前者的名字，她一次也沒對我提起，而我又高傲地不作任何打聽；但我父親後來詢問他在何方，所以我知道他正在返回愛爾蘭的途中前往倫敦，他將投身司法界，並準備開業。

從她的語氣判斷，那種揮之不去的忿恨、持續不斷的好奇，卻也已釋懷的感覺，肯定錯不了。雖然湯姆・勒弗洛伊教她何謂戀愛，但奧斯汀不是為溫特華斯憔悴消瘦的安妮・艾略特。她並不是因為心灰意冷而終生未嫁。

原因其一是她另有其他姻緣機會。據說奧斯汀是位迷人的女子：身材高挑苗條，擁有淡褐色的雙眸、淺棕色的長捲髮、晶瑩剔透又容光煥發的膚色，以及意味健康、活力的輕盈堅定步伐。在她令人陶醉的話語中，無疑展現了活潑與機智。湯姆・勒弗洛伊並非唯一受她吸引的男人，還有「哈特利先生跟他所有的資產」、想要吻她的鮑勒特，以及天曉得還有其他多少的仰慕者。繼湯姆之後，有位安妮・勒弗洛伊的友人，奧斯汀在三年後信中提及的那名男子，他是個年輕的牧師，曾對她表達關注及興趣。另外有位住在海邊的年輕紳士——不過細節跟場景一樣模糊，因為卡珊德拉在她妹妹死後沒幾年就洩露了這段插曲——根據一位侄兒所言，他的「外貌、心智以及態度，都讓卡珊德拉認為他值得擁有，而且可能贏得她妹妹的芳心」，他向大家告辭，並「表達他想要很快跟他們再見的意圖」——不料天不從人願，不久後那位男子竟然驟逝。再接下來，當然就是哈里斯・彼格威瑟。

奧斯汀有可能像她建議侄女對約翰・普朗特的作法那樣，也漸漸愛上跟她只有一夜婚約的未婚夫嗎？或許有可能。她從小就認識那個人，跟他家人的關係也很好，儘管他還是有點靦腆笨拙，但他從牛津大學回來之後，整個人就脫胎換骨，比從前自信許多。然而，愛情不再是唯一的考量。她在芳齡二十的年紀斷了跟湯姆・勒弗洛伊的一段姻緣，不過當年的她還是個羽翼未豐的作家。不過七年後拒絕朋友兄弟的她，縱使著作沒有出版，卻已搖身一變，成為三部小說的作家。她來到人生的岔路。一條路通往婚姻、家庭、安全感，或許還有愛情。另一條路則是藝術的冒險。

她不可能魚與熊掌兩者兼得。當時對年輕女子來說，結婚就意味著為人母，並與其他的一切隔絕，而且最後的下場通常都要犧牲生命。奧斯汀弟弟查爾斯的妻子在五年內生了四名子女，後來過世。奧斯汀兄長法蘭克的妻子在十六年內生了十一名子女，然後過世。奧斯汀兄長艾德華的妻子在十五年內生下十一名子女，之後過世。奧斯汀的母親也生了八個小孩。當奧斯汀想到鍾愛的侄女有朝一日將嫁作人婦——這是經歷約翰·普朗特插曲幾年後的事——她擔心嫁人所招致的後果。「哦，妳結婚之後，會是多麼大的損失啊，」她大聲嚷叫，告訴我們她終生未婚的所有原因：「當妳們有趣活潑的心智，沉澱為婚姻情感和母愛，我將會感到嫌惡。」後來卡珊德拉憶起妹妹的來信內容：「勝過已嫁做人婦的朋友，為自己的自由而歡喜」——寫作的自由、創作的自由，駕馭她那無與倫比的才華，任它恣意馳騁的自由。

但她的自由卻短暫悲慘。最大的反諷是，她來自一個極為長壽的家族，卻在年僅四十二歲辭世。她的父母加上兄弟和姐姐一共九人，就有八人活過七十歲。卡珊德拉活到七十二

歲。她們的母親活到八十七歲。她們擔任水手的兄長法蘭克，在美國南北戰爭的最後幾年，晉升為英國皇家海軍的最高軍階：艦隊司令，他一直到九十一歲，也就是妹妹死了將近半世紀才與世長辭。奧斯汀早逝的原因或許永遠是個謎團。學者一度懷疑愛迪生氏病[7]是致她於死的疾病，但仔細研究證據，卻推翻了這項理論。倘若死因是傳染病或其他環境因素，也許過另一種人生——跟湯姆・勒弗洛伊一同住在愛爾蘭，或跟哈里斯・彼格威瑟住在他的莊園——她能活得比較久。

更為長久但截然不同的人生。奧斯汀終生未嫁，卻擁有許多孩子，比八個或十一個更多。他們的名字是艾瑪、伊莉莎白、凱瑟琳，安妮、范妮、愛麗諾跟瑪莉安。他們的名字是亨利、愛德華、溫特華斯、魏洛比、柯林斯先生、貝茨太太和達西先生。他們並非長壽，而是永垂不朽。假如嫁給了湯姆或哈利斯，她或許能夠過著幸福美滿、錦衣玉食的生活，或許能為人母，甚至自己也能長命百歲。她或許能夠得到這一切——但我們就不會是現在的我們，而她也不會是珍・奧斯汀。

第七章　故事的結局

the end of the story

在布魯克林第四年的九月初，我完成了第三章以及最後一章論文的一半，剛回到教職。一個康乃狄克州的朋友，前一年戀愛修成正果，正在籌備婚禮。正式婚禮預計於十一月舉行，他和未婚妻在勞工節後的那個週末於新家舉辦了一個大派對，好讓他們的所有朋友事先彼此認識。

他的未婚妻在克利夫蘭長大，她家鄉的好朋友——其實就是她的妹妹，將開車來參加派對。我聽說她要來，也是單身，但是一開始我們並未一見如故。我出現時，他們正在放瘦皮猴法蘭克・辛納屈（Frank Sinatra）的歌，雖然我喜歡他，但我想以尖銳的評論做開場（我們可以放一些沒那麼臭屁的歌嗎？）——達西和伊莉莎白的陰影——結果只成功的讓她認為我是一個怪咖。

我們分別走進了派對的中間，我根本忘記了她，好幾個小時後，卻發現我們陷入了狂熱紛亂的對話中——又一個《傲慢與偏見》的剎那。主題是政治；就像奧斯汀的女主角，我後來發現，她在測試我有沒有正確的價值觀。漸漸的，當我們站著反覆討論時，這個我進門時根本沒看一眼的女人——我不曉得怎麼會沒看到——就如達西先生所謂的，是我認識的女人中最漂亮的其中一個。換句話說，不只是漂亮，而且擁有迷死人無法擋的魅力。

在那晚結束前，我們深深為彼此著迷。整個週末我都待在那兒，道別時，我發現自己悵然若失。但是我們都不想就此斷了線。在知道彼此相隔五百英哩之前，我們就一次電話可以講好幾小時，完全按照奧斯汀希望的去做：藉由傾聽彼此的故事，互相學習、尊重對方。

我們聊各自的家庭，生活的願景，對所有事物的真實看法，毫不保留。我不僅留意她說的話，也觀察她說時的表達方式。二十世紀的科技或許日新又新，但是發生於愛麗諾與愛德華、以及奧斯汀其他男女主角之間的種種事情沒有什麼不同。我研究她心靈和心智的特質——她的「感覺」及「意見」，「想像」及「觀察」和「嗜好」——而她同樣也在研究我。我們是從了解對方的人格特質而不是肉體，建立彼此的互敬互重。我們已有肉體關係——那個週末我們不只聊天——不過這是有親密關係的人都有的行為。事實上，奧斯汀筆下的男男女女都可以見得到面，我們卻相隔遙遠。這根本是一段脫離現實的戀情：僅僅是兩種聲音在夜晚的交會，靈魂的對談，我們擁有的只是各自的一點隱私。

「我為她瘋狂！」我告訴朋友的未婚妻。

「好好經營吧，」她說。「我知道她喜歡你，但是如果你追得太猛，會嚇跑她。」

我好好經營了，但是很難。那個週末碰到的這個女人，透過電話聯絡的所有夜晚，我發現她聰穎、口才好、直覺強、見解深刻。她知道怎麼交談，也知道怎麼傾聽。她智慧而不狂妄，世故而不做作，也具有俏皮的幽默感，是奧斯汀鐵定會喜歡的那一型。我告訴她一個舊識自稱超級字庫，卻不知道「無能為力」（impotent）與「懶散」（indolent）的差別，因為他不曉得這兩個字的意思。「我知道它們的差別，」她馬上回答，「不能與不願意。」（Can't and won't）

她也跟我非常不同，更不同於之前我交往過的任何女人。她生長於中產階級，沒有受過高等的昂貴教育，也沒有依自己所好成就什麼專業。她是女侍，就像我第一次讀奧斯汀小說時看到的不受尊重的女人。她曾做過擦鞋女孩、唱片店店員，目前有全薪工作、也在地方公立學院慢慢完成學業。此外，她也跟我幾乎沒接觸過（因為我有精英的保護殼）的勞工階層孩子、藝術學校的怪咖、龐克搖滾樂手、街友、老嬉皮往來。

家人灌輸的微弱名校聲音深植我腦海，對似乎默默無聞的這一切狂熱不已；那些迷人朋友及周遭環境灌輸的小紐約聲音，則蔑視這一切的微不足道。但是，我已經讀過《艾瑪》，了解書本不是唯一的學習途徑；也讀過《曼斯菲爾德公園》，懂得所謂的地位與「成功」無法讓人產生價值，我再也不受那些聲音影響了。我從奧斯汀的愛情故事學到功課，知道應該和跟自己不太一樣、看不出她（他）明確前途、帶領你超越自己的人在一起。從所有瑣碎恐懼的另一面，我嗅到了無限可能的未來。

在那個週末後一個月左右，不管一切有多麼不方便，她開車來布魯克林，看看我們是否真的有繼續交往的可能性。正當我們思考對方是否是適合相愛的對象時，我們發現彼此已陷入愛河。一切都是漸漸發生的，就像伊莉莎白・班奈特所謂的，我們不曉得始於何時。

那年秋天，紐約前所未有的賞心悅目。當我走過熟悉的街道（現在已經面目全非），我厭煩自己對她的愛有如無形冠冕。我自以為懂得愛是什麼了，但是現在才明白其實一無所知。我覺得愛是一種經常存在於我內在的事物，然而現在好像無所不在，充滿於所有事物，我在愛的氛圍中。我也常以為親密關係是某種你選擇擁有的東西。但是我沒有選擇這一個，是它選擇了我。我是否有愛心的問題，已不證自明。

事情並非一帆風順。我們也有爭吵——當然會爭吵。我們兩個都非完人，就算有也不可能是我。事情發生時，我跟其他人一樣，仍然在挖我的壕溝。在這些時候，救了我的兩件事是我從奧斯汀學來的：我女友的看法跟我的一樣堅定，儘管在爭論到一半時承認簡直要命；以及如果我犯了什麼錯，就認錯——不管認錯有多糟糕，不管一場投入了那麼多自我的爭論失敗有多沒面子——最後總是對我有益。

在衝突之後幾分鐘或幾小時，在難聽的話語中，有那麼一刻、瞬間，我體認到自己不僅欠女友一個道歉，我必須提起勇氣向她道歉，而且，如果我想度過這危機，我就得克服某些難關。我會學習，我會成長。我不會再犯同樣的錯誤。我將成為她更好的伴侶，我也將成為更好的人。那個瞬間是垂降到我洞穴的繩索，讓我得以沿線爬出尋回明智與愛。她的歷程也相同。她幫我學會說我很抱歉，她也幫我教導她。

那個冬天，我帶她南下墨西哥享受戀愛蜜月旅行。她說過還是女孩時，她非常喜愛海灘假期，所以我決定給她一個奢侈的驚喜。我們去了坎昆（Cancún）附近一個小島的海濱小屋，像一對蜥蜴一樣在海灘躺了一個禮拜，在村裡的街道漫遊，在偏僻小路比賽騎腳踏車。

冬天過去，春天來臨時，我們的約會變成了一通通的電話。我們會從倒杯飲料開始，從聊前幾天值得討論的新聞掌握彼此。天氣轉暖時，我會坐在外面的太平門，紫丁香的香味由底下的院子飄上來。接著，我們各自做晚餐，一直分享笑話和故事，抽根菸休息一下，又聊到深夜，直到我們邊說邊睡著。

夏天來臨時，我和她住在克利夫蘭。一些紐約朋友對於我和住在中西部的對象相戀有些嚇到。一位魅力迷人的女人，曾因來自俄亥俄州的男友穿得不夠稱頭而斷絕往來，有一晚碰到我時問道：「你還跟那位聖路易來的女孩交往嗎？」當我介紹女友給這群朋友中的另一個人時，一位著名現代藝術家的兒子說：「喔，我去過辛辛那提，我以為它只是一堆購物中心，不過，沒那麼糟糕啦。」

不，克利夫蘭（至少**我**知道其中的差別）一點也不糟糕。我在那裡發現了紐約之外的生活。事實上，因為女友生動的介紹，我漸漸愛上這裡。我們在開車及走過附近區域、街道時，她回溯記憶，如數家珍——她帶我看她的老家、以前常去的地方、說舊時的故事、認識她提過的人。她重新探索她的生活，也把我編織進去。

我把電腦放在她的客廳，開始完成論文的最後工作——導言。我讓她認識了李歐納德·柯亨（Leonard Cohen）[1]，陷入沮喪的黑色日子裡，我曾為他著迷，而她教我怎麼喝馬汀

譯註

1. 李歐納德·柯亨（Leonard Cohen, 1934-），加拿大詩人、作家、歌手。

尼。她七月生日時，我在她公寓裡藏了六種禮物，她為我烘烤了幸運餅，裡面附了好玩的留言。當然，我可愛的灰貓也跟著我們一起過暑假，牠通常蜷伏在我們之間的枕頭上，八月底我回布魯克林時，就把牠留給女友照顧，好像留一小部分的我與她同在。

沒多久，她們就都回到我身邊了。幾個月後，女友收拾好行李就搬來與我同住。現在，我的城市也變成了她的城市。我們在中國城吃黑豆蛋糕，在布萊頓海灘吃小鬆餅，在克莉絲汀餐廳吃牛肚湯。夕陽西下時，我們倚著長廊欄杆欣賞布魯克林橋，小義大利的店主從店的後面拿出一小杯有五十年歷史的陳年葡萄醋，幫忙慶祝我們的戀情，味道和楓糖漿一樣濃郁甜美。

一切都水到渠成。那年春天我終於完成論文時，她就在我身旁，而且，奇蹟中的奇蹟，我找到工作時，她也在。甚至在康乃狄克州時也是。我們要去參加朋友的聚會，我們就是透過這群家人似的朋友找到彼此的。

而且，她見過我生命中的重要人物。她見過我父母，她是我第一個帶回家的女友，那時我三十三歲，父母似乎難以相信他們的寶貝男孩終於長大了。她見過我的教授，教授跟我們像朋友般吃過晚餐。她見過引領我進入上流社會的一對夫婦，他們完全不了解她。她也和我

最好的朋友熟稔起來，最好的朋友比我自己還了解我，她很歡迎我尋找已久的這位伴侶。

＊ ＊ ＊

她來布魯克林的第一個週末，就註定了我們的命運，為了打發一些無聊的時間，她隨身帶了一本書。她那時知道我是研究生，但是不曉得我研究什麼、撰寫什麼論文題目。而我研究的湊巧是她正在念的書。

這本書就是《傲慢與偏見》。

讀者們，我娶了她。

致謝

首先，我要感謝經紀人Elyse Cheney，他鼓勵我從事這個計畫，而且提供了寶貴的意見與指教。也謝謝編輯Ann Godoff給我尋找心聲的自由，謝謝企鵝出版社全體的創意與關照。同時感謝一路相挺，以及協助我堅持到最後的朋友。有兩本書是不可或缺的：克萊兒・托馬林寫的傳記、德爾卓・李菲耶（Deirdre Le Faye）編的書信集。沒有Karl Kroeber，本書無從開始，沒有Aleeza Jill Nussbaum，本書沒有完美的結尾，我要向他們致上最深的謝意。

生命講堂
當宅男遇見珍・奧斯汀

2011年12月初版　定價：新臺幣350元
有著作權・翻印必究
Printed in Taiwan.

著　者　William Deresiewicz
譯　者　謝雅文
　　　　林芳瑜
發行人　林載爵

出版者	聯經出版事業股份有限公司
地址	台北市基隆路一段180號4樓
編輯部地址	台北市基隆路一段180號4樓
叢書主編電話	(02)87876242轉221
台北忠孝門市：	台北市忠孝東路四段561號1樓
電話：	(02)27683708
台北新生門市：	台北市新生南路三段94號
電話：	(02)23620308
台中分公司：	台中市健行路321號
暨門市電話：	(04)22371234ext.5
郵政劃撥帳戶第	0100559-3號
郵撥電話：	27683708
印刷者	世和印製企業有限公司
總經銷	聯合發行股份有限公司
發行所：	台北縣新店市寶橋路235巷6弄6號2樓
電話：	(02)29178022

叢書主編　林芳瑜
插圖繪者　許育榮
排　　版　林淑慧
封面設計　劉亭麟

行政院新聞局出版事業登記證局版臺業字第0130號

本書如有缺頁，破損，倒裝請寄回聯經忠孝門市更換。　ISBN 978-957-08-3918-0 (平裝)
聯經網址：www.linkingbooks.com.tw
電子信箱：linking@udngroup.com

A Jane Austen Education：How Six Novels Taught Me about Love,Friendship, and the Things that Really Matter

國家圖書館出版品預行編目資料

當宅男遇見珍・奧斯汀/William Deresiewicz著．
謝雅文、林芳瑜譯．初版．臺北市．聯經．2011年12月
（民100年）．296面．15.5×22公分（生命講堂）
譯自：A Jane Austen education : how six novels taught me about love, friendship, and the things that really matter
ISBN 978-957-08-3918-0（平裝）

1.奧斯汀（Austen, Jane, 1775-1817） 2.小說 3.文學評論

873.57 100021504